Cet ami irrésistible

SOPHIE PEMBROKE

Cet ami irrésistible

Traduction française de
VIRGINIE CANTIN

AZUR

HARLEQUIN

Collection : Azur

Titre original :
BEST MAN WITH BENEFITS

HARPERCOLLINS FRANCE
83-85, boulevard Vincent-Auriol, 75646 PARIS CEDEX 13
Service Clients — www.harlequin.fr
ISBN 978-2-2805-0522-2 — ISSN 0993-4448

Édité par HarperCollins France.
Composition et mise en pages Nord Compo.
Imprimé en juillet 2024 par CPI Black Print (Barcelone)
en utilisant 100% d'électricité renouvelable.
Dépôt légal : août 2024.

FSC www.fsc.org MIXTE Papier issu de sources responsables FSC® C159065

Pour limiter l'empreinte environnementale de ses livres, HarperCollins France s'engage à n'utiliser que du papier fabriqué à partir de bois provenant de forêts gérées durablement et de manière responsable.

1

Les bureaux de *Here & Now Events* occupaient une élégante maison georgienne de trois étages située au centre de Londres, tout près de Berkeley Square, dans le quartier de Mayfair. Et les commérages y allaient bon train.

Alors que Nell Andrews montait les quelques marches menant à la porte d'entrée, jonglant avec le sac d'ordinateur jeté sur son épaule et la tasse de café qu'elle tenait à la main, elle espérait simplement que les derniers ragots la concernant ne s'étaient pas répandus durant le week-end. Une assistante, qui se hâtait de sortir de l'immeuble malgré l'heure matinale, lui ouvrit la porte, et elle entra dans le grand hall. Dans son bureau, situé sous les toits de l'immeuble, dominaient les tons neutres et reposants. Mais *Here & Now Events*, une agence spécialisée dans l'événementiel, privilégiait un savant mélange de couleurs vives contrastant avec l'aménagement plutôt sobre de ses locaux.

C'est du moins ce que prétendait Polly, la sœur jumelle et associée de Nell. Personne ne prêta attention à cette dernière alors qu'elle passait devant le guichet d'accueil du rez-de-chaussée et se dirigeait vers l'escalier. Elle regarda à peine les vitrines contenant d'innombrables échantillons de farces et attrapes, et les imposants bouquets de fleurs disposés près salles de réunion aménagées pour impressionner les clients. D'énormes photos d'événements passés, toutes en noir et blanc, ornaient les murs blancs.

Nell tourna la tête lorsqu'elle passa devant la plus grande, juste à côté de l'escalier, qui les représentait tous les quatre lors de la soirée de lancement de *Here & Now*, cinq ans plus tôt : Polly, Fred, Alex et Nell. Tous étaient habillés en noir et blanc, à l'exception du chapeau de fête rose de Polly, du nœud papillon vert de Fred et de la ceinture de couleur violette d'Alex.

Ils s'étaient rencontrés tous les quatre à l'université, où Fred était tombé amoureux de Polly, qui l'avait tenu à l'écart pendant qu'elle profitait de la liberté de la vie estudiantine. Alex, le meilleur ami de Fred, faisait partie de leur cercle, et s'était rapproché d'eux en deuxième année, lorsque Polly avait décidé qu'il était temps de cesser de jouer la reine des Glaces et d'admettre ce que tout le monde savait déjà : Fred et elle étaient faits l'un pour l'autre.

Depuis, ils filaient le parfait amour, et lorsqu'ils avaient annoncé qu'ils voulaient créer une entreprise d'événementiel après avoir obtenu leur diplôme, il leur avait semblé tout naturel d'intégrer à l'équipe Nell, comptable, et Alex qui était juriste. *Here & Now* était née autour d'une bouteille de vin et d'un plat indien à emporter, dans le petit appartement londonien de Nell et Polly, et à partir de là l'entreprise n'avait fait que grandir. Maintenant, on parlait d'eux dans les médias, ils comptaient quelques millionnaires parmi leurs clients, et leur équipe ne cessait de croître.

En haut de l'escalier, Nell entra dans le grand open space, où régnait une agitation constante, car organiser des fêtes pour les riches et les célèbres était un job exigeant. Chacun vaquait à ses occupations, et Nell vit quelqu'un porter deux *piñatas* différentes pour les soumettre à l'approbation d'un collègue. Des *piñatas* ? La plupart de leurs événements étaient plutôt chics, mais peut-être un nouveau client avait-il un sens de la fête qui l'emportait sur le besoin d'impressionner ses invités. Le plus important, c'était que les employés semblaient tous occupés par leur travail et ne s'intéressaient pas du tout à elle. Ce qui, avec un peu de chance, signifiait que la nouvelle n'avait pas encore circulé – ou que personne ne s'en souciait.

Ce n'était pas comme si elle suscitait régulièrement des ragots au bureau, se dit Nell pour se rassurer. Sa vie, contrairement à celle de presque tous les autres employés de *Here & Now*, n'était tout simplement pas assez intéressante pour faire l'objet de commérages. Nell avait vécu suffisamment de drames et d'émotions fortes au cours des dix-huit premières années de sa vie pour que cela lui soit désormais épargné. Tout ce qu'elle voulait maintenant, c'était une existence tranquille, confortable et ennuyeuse, ce qu'elle pensait avoir avec Paul... jusqu'à ce week-end.

Tout était si récent que personne ne pouvait déjà savoir, non ? Mais il aurait suffi que Paul en parle à un ami, qui en parle à son tour à un autre ami, qui en parle à un cousin qui connaissait quelqu'un qui travaillait à *Here & Now*, et tout le monde aurait été au courant !

L'un de ses voisins aurait pu répandre la nouvelle, aussi. Ou le chauffeur de taxi, qui avait dû entendre Paul lui annoncer qu'il voulait rompre, alors que Nell s'attendait qu'il la demande en mariage ! Ou alors, ça aurait été l'autre femme, plus sexy, plus audacieuse, plus drôle, pour laquelle Paul l'avait quittée, qui aurait tout raconté. Elle avait eu le temps de prévenir une foule de gens depuis le vendredi soir ! Alors que Nell n'avait pas encore réussi à le dire à qui que ce soit. Elle avait passé le week-end terrée dans le petit appartement qu'elle partageait avant avec Polly, jusqu'à ce que les affaires décollent et que celle-ci achète avec Fred une magnifique maison. Elle avait fait de la pâtisserie et regardé de vieux épisodes d'une série consacrée à la vie à la campagne et aux conflits de voisinage… Et, oui, elle avait pleuré. Mais après tout, si Paul n'était pas fait pour elle, mieux valait le savoir maintenant que plus tard – après avoir accepté cette hypothétique demande en mariage, par exemple. Elle avait choisi Paul parce qu'il était ennuyeux comme elle. Parce qu'il se contentait de rester chez lui le samedi soir, plutôt que d'aller dans le dernier bar à la mode. Parce qu'ils étaient d'accord sur tout et ne se disputaient jamais. La dernière chose que Nell attendait d'un partenaire, c'était qu'il soit sans cesse en désaccord avec elle. Elle n'était pas faite pour les drames. Pas comme Polly, ni comme leurs parents. Nell ressemblait plutôt à ses grands-parents, qui auraient sans doute apprécié Paul, songea-t-elle.

Elle avait presque atteint l'escalier plus étroit qui menait à son bureau mansardé – loin de tout le monde, et proche des archives –, lorsqu'elle entendit quelqu'un l'appeler.

— Nell ! Nous sommes là ! Nous avons besoin de toi !

Polly ! Quand sa jumelle avait besoin d'elle, eh bien… elle accourait. Elle se retourna et aperçut Polly qui lui faisait signe depuis le seuil de la petite salle qu'elles aimaient utiliser pour les réunions de « la bande des quatre » – l'expression qu'elles utilisaient pour désigner les fondateurs de l'entreprise. Il y avait Fred, assis sur sa chaise habituelle, près de l'endroit où Polly avait étalé ses dossiers et ses tasses de café vides. Alex était là aussi, debout près de la fenêtre qui donnait sur la rue arborée en contrebas, ses cheveux roux brillant dans la pâle lumière du soleil, les mains sur les hanches, comme pour leur rappeler à tous qu'il avait mieux à faire. Car c'est ce qu'il avait toujours fait. Alex McLeod était issu d'une famille aisée de propriétaires terriens. Aucun autre membre de la bande des quatre ne se faisait d'illusions : il n'était pas vraiment là pour travailler, et n'avait pas besoin de gagner sa vie comme tout un chacun. Tout juste voulait-il avoir un peu d'argent de poche pour s'offrir quelques folies.

Nell, pour sa part, préférait rembourser son crédit immobilier et cotiser pour sa retraite. Fred n'avait pas besoin d'argent non plus, mais il participait parce que cette entreprise était le rêve de Polly.

Nell entra dans la salle de réunion, s'assit à sa place habituelle et sourit à Fred, de l'autre côté de la table. Polly, visiblement dans un état d'agitation avancé, s'appuya contre le dossier de la chaise de Fred, les mains sur ses épaules, tandis qu'Alex daignait enfin se retourner et leur accorder son attention.

— J'ai une grande nouvelle à vous annoncer ! lança Polly avec un sourire radieux. Fred et moi allons nous marier. Et nous voulons que *Here & Now* organise le plus grand et le plus incroyable des mariages !

Alex regarda ses meilleurs amis d'un air absent. Il tentait d'assimiler ce qu'il venait d'entendre.

— Vous marier ? Vraiment ?

Il n'y croyait vraiment pas, et au vu du regard que lui jeta Nell, il comprit qu'elle le trouvait totalement décalé. Il n'était pas tout à fait certain des raisons qui l'avaient amenée à cette conclusion, mais il était sûr à 100 % qu'elle avait une piètre opinion de lui – et ce depuis qu'ils s'étaient rencontrés, à l'université. Ce jour-là, il était ivre – ceci expliquait peut-être cela. Et s'il avait cru un moment pouvoir lui faire changer d'avis à son sujet, eh bien… c'était du passé. Il avait tout gâché en deuxième année. Mais ce n'était pas le moment de penser à Nell !

— Félicitations ! dit-il avec un temps de retard en s'avançant pour serrer Polly dans ses bras et taper sur l'épaule de Fred. C'est une nouvelle extraordinaire !

— Oui, c'est génial !

Nell se leva et serra sa jumelle dans ses bras plus fort et plus chaleureusement que lui. Nell et Polly étaient si différentes qu'il oubliait parfois qu'elles étaient jumelles. Mais en les voyant tout près l'une de l'autre, le sourire aux lèvres, Alex fut de nouveau frappé par leur ressemblance. Les mêmes longs cheveux noirs. Les mêmes yeux bleus pétillants. Nell avait une fossette sur la joue gauche que Polly n'avait pas – et qu'Alex n'avait vue que rarement, car elle souriait peu en sa présence –, mais pour le reste elles étaient identiques. Enfin, à part en ce qui concernait les vêtements. Au bureau, jamais personne ne les avait confondues.

Si l'une d'elles portait du noir, ou des tons de beige, c'était Nell. S'il y avait de la couleur – un foulard en soie, des escarpins rose fluo –, alors c'était Polly. Mais maintenant qu'il y regardait de plus près, il y avait aussi quelque chose de différent dans leurs yeux. Ceux de Polly exprimaient une joie débridée, tandis que ceux de Nell étaient tristes. À cause du mariage de sa sœur ? Cela n'avait aucun sens !

— Je pense que nous devrions discuter tout de suite de l'organisation de ce mariage, déclara-t-elle.

Polly se libéra de l'étreinte de sa sœur, s'installa dans son siège et ouvrit le premier des dossiers qu'elle avait étalés sur la table.

— On n'a même pas droit aux détails de la demande

en mariage ? On passe directement aux choses sérieuses ? lança Alex en riant.

Polly leva les yeux au ciel.

— Ne fais pas semblant de vouloir connaître tous les détails, Alex. Nous savons tous que tu es fondamentalement opposé à l'institution même du mariage, mais je crains que tu ne doives faire semblant de penser que c'est une bonne idée pendant au moins quelques mois, si tu veux être le témoin de Fred.

— Ce que je ne lui ai pas encore demandé, chérie, fit remarquer Fred.

Il en fallait beaucoup pour décontenancer ce dernier. Professeurs, conquêtes, relations d'affaires, tous avaient compris qu'il n'avait peur de rien. Et Alex le savait mieux que quiconque : quand Fred se mettait en tête de faire quelque chose, rien au monde ne pouvait l'arrêter. Il était tombé amoureux de Polly la première fois qu'il l'avait vue, à l'université, et s'en était tenu là. Il ne l'avait jamais harcelée, pas plus qu'il n'avait tenté de la faire culpabiliser parce qu'elle sortait avec d'autres hommes. Il avait simplement attendu patiemment qu'elle voie le monde avec ses yeux et se rende compte qu'ils étaient faits l'un pour l'autre. Et voilà où cela l'avait mené !

— Qui d'autre aurais-tu voulu prendre comme témoin ? demanda Alex en s'installant sur la quatrième chaise disposée autour de la table, avant d'ajouter : Personne d'autre ne t'a supporté pendant les vingt dernières années, n'est-ce pas ?

Depuis le jour de leur rencontre, à l'internat, à l'âge de sept ans, terrifiés mais refusant de le montrer, Fred et Alex ne s'étaient pas perdus de vue.

— Quoi qu'il en soit, je ne suis pas contre le mariage par principe...

— Mais pas pour toi, n'est-ce pas ?

Nell avait parlé d'un ton acerbe. Chaque fois qu'ils se trouvaient en présence l'un de l'autre, Alex ne pouvait s'empêcher de penser qu'elle lisait en lui comme dans un livre ouvert, et n'appréciait pas du tout ça. Les sourcils froncés, il demanda :

— Tu crois vraiment que je ferais un bon candidat au mariage ?

Il essaya de ne pas se sentir insulté lorsque Polly éclata de rire. Ce n'était pas qu'il était contre le mariage. Il croyait sincèrement, par exemple, que Fred et Polly formaient un couple merveilleux, car ils étaient complémentaires. Les gens trouvaient Polly fantasque, mais elle était simplement créative, et Fred l'aidait à canaliser son énergie.

Certes, durant leurs années d'études, ils s'étaient souvent disputés, puis rabibochés, et il avait assisté à des disputes mémorables au fil des ans. Mais ils finissaient toujours par se réconcilier. Quant à lui, il avait cru avoir trouvé l'amour une fois, mais... il s'était trompé. Aujourd'hui, le plaisir, l'excitation et l'aventure lui paraissaient bien plus satisfaisants que la quête d'un idéal qu'il ne connaîtrait peut-être jamais. Tout le monde ne trouvait pas le bonheur. Et malgré ce que les gens – et Nell en particulier – pensaient, il n'était pas assez imbu de sa personne pour penser qu'il serait l'un des heureux élus, et aurait la chance de rencontrer l'amour de sa vie. Mais cela ne signifiait pas qu'il n'était pas ravi de voir deux de ses meilleurs amis échanger leurs vœux. Il n'avait jamais été témoin de mariage auparavant, mais cela s'accompagnait d'une foule de responsabilités, ainsi que de l'obligation de flirter avec les demoiselles d'honneur, non ?

— Je suppose que la charmante Nell fera office de demoiselle d'honneur, dit-il avec malice.

Oh ! elle allait détester ça...

— Bien sûr, répondit Polly. Qui d'autre pourrais-je choisir ?

— Bien sûr, répondit Nell d'une voix blanche.

Alex songea qu'elle pensait la même chose que lui. Les mois qui allaient précéder le mariage seraient longs et très chargés, et ils allaient devoir passer beaucoup de temps ensemble. Plus qu'ils n'en avaient jamais passé depuis leur deuxième année à l'université, et cette soirée qui avait changé leur amitié pour toujours. Pas étonnant que Nell ait l'air si horrifiée !

2

Nell fut saisie d'une sorte de vertige. Même si ce mariage ne la concernait pas au premier chef – après tout, c'est sa jumelle qui allait convoler, pas elle –, sa vie en serait bouleversée. Elle était sincèrement ravie pour Polly, et ne doutait pas que son mariage avec Fred serait réussi. Ils s'aimaient profondément, et peut-être cet engagement les aiderait-il à sortir du cercle vicieux de disputes et de réconciliations dans lequel ils semblaient être tombés. Polly riait toujours quand Nell s'inquiétait à ce sujet. Elle disait que le véritable amour avait besoin de passion et qu'elle n'aurait pas voulu de quelqu'un qui se contente de lui dire oui tout le temps. Mais cela n'empêchait pas Nell d'avoir la peur au ventre chaque fois que Polly apparaissait sur le pas de sa porte en annonçant qu'elle ne pouvait plus supporter d'être dans la même pièce que Fred un instant de plus, et qu'elle avait besoin d'une soirée entre filles.

Leurs parents n'avaient jamais réussi à officialiser leur union, et avaient même à peine vécu ensemble. Mais leur mère s'était mariée assez souvent depuis leur séparation pour que Nell sache qu'une bague et un morceau de papier ne résolvaient jamais rien. Ce serait différent pour Polly et Fred, cependant. Parce qu'entre eux c'est l'amour qui l'emportait malgré tout.

Elle allait être la demoiselle d'honneur de Polly. Qu'est-ce que cela signifiait, exactement ? Nell ressentit une légère inquiétude à l'idée qu'elle devrait peut-être organiser un enterrement de vie de jeune fille, et passer du temps avec le témoin du marié.

La dernière fois, cela ne s'est pas bien terminé...

Cela faisait des années, mais elle se souvenait encore de son embarras et de la détresse qu'elle avait ressentie à ce moment-là. Ils avaient été très proches un moment, puis Alex s'était rapidement éloigné d'elle.

N'y pense pas. Il ne se souvient probablement même pas de ce soir-là.

Sa sœur jumelle ne sembla pas remarquer sa réticence quand elle se tourna vers elle.

— Je veux que ce mariage soit un festival de la romance ! Une fête pour tous les couples.

— Et tu voudrais que je... Oh non !

Polly éclata d'un rire aigu.

— Ne t'inquiète pas, je n'attends pas de toi et d'Alex que vous vous occupiez de l'organisation ou de quoi que ce soit de ce genre. Nous allons tout organiser – les fiançailles, les enterrements de vie de jeune fille et de garçon, et la semaine de mariage elle-même – comme si nous étions des clients normaux de cette entreprise, expliqua Fred.

— C'est pourquoi j'ai choisi le thème du couple, ajouta Polly. Ce sera une excellente publicité pour tous les événements que nous pourrons proposer par la suite.

Le thème du couple ? Nell aurait préféré l'éviter.

— J'ai pensé que tous nos invités pourraient se déguiser

en couples célèbres pour les enterrements de vie de garçon et de jeune fille, proposa Polly.

— Pourquoi pas ? dit calmement Nell. Mais... euh... qu'en sera-t-il des gens qui n'ont personne à inviter ?

Alex fit basculer sa chaise en lui adressant un sourire nonchalant.

— Tu t'inquiètes pour moi, Nell ? Je suis sûr que je peux trouver quelqu'un pour m'accompagner.

— Je n'en doute pas, mais...

Polly lui coupa la parole.

— Ne prends pas n'importe qui, quand même ! dit-elle sévèrement à Alex. Si cette personne doit figurer sur mes photos de mariage en tant que compagne de mon témoin, je veux que ce soit quelqu'un qui sera encore dans nos vies dans six mois.

— Sinon, tu peux te mettre en couple avec notre mère pour l'occasion – en supposant qu'elle ne se soit pas déjà remariée d'ici là !

Alex n'avait pas l'air enchanté par cette idée.

— Je ne sortirai pas avec ta mère, dit-il.

Polly leva les yeux au ciel.

— Je voulais juste dire... Oh ! tu sais bien ce que je voulais dire...

— Rarement, voire jamais..., marmonna Alex.

C'est le moment que choisit Nell pour reprendre le contrôle de la conversation.

— Je ne parlais pas vraiment d'Alex, mais de moi, lâcha-t-elle.

Alex, Fred et Polly la dévisagèrent.

— Mais tu seras avec Paul, non ? dit Polly.

En quelques mots, Nell expliqua ce qui s'était passé le

week-end précédent, entre Paul et elle. Les larmes aux yeux, Polly l'entoura de ses bras, mais Nell se libéra d'un geste vif.

— Je vais bien, vraiment, insista-t-elle, même si ce n'était pas tout à fait le cas.

Elle ne voulait pas que quiconque – pas même Polly, et encore moins Alex – s'apitoie sur son sort.

— C'est juste que… je n'aurai pas de partenaire pour ta soirée.

Au moins, Polly ne suggéra pas à Nell de faire appel à leur mère, probablement parce qu'elle savait que ce serait un désastre. Elle frappa les mains l'une contre l'autre, les yeux brillants d'excitation.

— Ça, c'est parfait !

Fred grimaça.

— Pas vraiment, Polly.

— Tu as raison. Mais c'est quand même génial !

Polly prit la main d'Alex, puis tendit le bras vers Nell, qui voyait très bien où elle voulait en venir, et elle n'aimait pas ça du tout. Elle essaya de résister à l'emprise de sa jumelle, mais lorsque Polly voulait vraiment quelque chose, elle parvenait à ses fins. Et il semblait qu'elle voulait vraiment organiser son mariage sur le thème du couple.

— Toi et Alex pourrez assister ensemble à toutes les soirées !

Polly avait l'air tellement ravie que Nell se sentit presque coupable.

— Comme ça, il ne pourra pas amener une compagne qu'il connaît à peine, et tu ne seras pas *seule* !

L'accent tragique de sa voix, sur ce dernier mot, donnait l'impression que c'était un sort pire que la mort. Mais ce n'était pas le cas, Nell le savait. Être mal accompagnée était bien pire que d'être seule. Et Alex McLeod n'était pas la bonne personne pour elle, elle le savait depuis des années.

— Jamais de la vie ! lâcha Nell.

Elle n'avait pas trouvé de meilleure manière de s'exprimer.

— Nell ! gronda Polly d'un ton de reproche.

— Polly, Nell et moi n'allons tout de même pas sortir ensemble juste pour t'assurer un mariage parfait ! dit Alex, avec un sourire crispé.

Bien sûr qu'ils n'allaient pas se mettre en couple ! Si cela avait dû se faire, cela se serait produit en deuxième année d'université, pendant cette semaine où ils étaient… entrés en contact. Quand ils avaient presque eu l'impression que quelque chose entre eux valait la peine d'être exploré. Mais ce n'est pas arrivé, et c'était mieux ainsi, étant donné la tournure qu'avaient prise leurs vies, les personnes qu'ils étaient devenues. Car aujourd'hui, ils étaient aux antipodes l'un de l'autre, et tout rapprochement paraissait impossible. Polly leva les yeux au ciel.

— Je ne suggère pas vous allez tomber follement amoureux l'un de l'autre pendant les trois mois que va prendre l'organisation de ce mariage…

Trois mois ?

Nell tourna vers sa sœur un visage étonné.

— La plupart des mariages ne se préparent-ils pas en un an ou plus ?

Sa jumelle lui jeta un regard fuyant.

— Nous sommes des professionnels, Nell. Et j'ai quelques relations parmi les fournisseurs.

— Quand même, trois mois…

Nell secoua la tête, ses longs cheveux noirs dansant sur ses épaules. Puisqu'il s'agissait d'un projet *Here & Now*, elle s'occuperait de l'aspect financier. Son expertise serait nécessaire pour vérifier les contrats – et peut-être rédiger un contrat de mariage, si Fred et Polly avaient un peu de bon sens. Ce qui, d'après ce qu'elle en savait, n'était pas le cas.

— Le fait est que ni l'un ni l'autre n'est susceptible de trouver quelqu'un dans les trois mois à venir, poursuivit Polly. Mais je ne veux pas que vous ameniez n'importe qui à mon mariage. Nous prévoyons notamment une cérémonie aux Seychelles.

— Et tu veux que seuls les gens qui font vraiment partie de ta vie figurent sur les photos, dit Nell d'un ton las. Je comprends...

Alex était contrarié, mais il s'efforçait de n'en rien montrer, de crainte que ses amis cherchent à en savoir plus, et ne s'immiscent dans ce qu'il considérait comme son jardin secret.

— Je suis presque sûr qu'il y a un moyen de contourner le problème, affirma-t-il.

Mais une fois que Polly avait une idée en tête, il était difficile de l'en détourner. Sur ce point, Fred et elle se ressemblaient.

— Trois mois, c'est beaucoup de temps pour trouver l'amour, ajouta Alex, même s'il en doutait.

Nell ne voulait visiblement pas passer plus de temps qu'il n'était nécessaire avec lui, et il n'en avait pas non plus très envie. Mais ils allaient devoir faire alliance pour se sortir de ce guêpier. Heureusement, Nell l'avait compris, puisqu'elle renchérit aussitôt.

— Certaines personnes se fiancent, ou même se marient, en moins de temps que ça ! lança-t-elle.

— Tu n'as jamais entendu parler des coups de foudre ? demanda Alex.

— Exactement ! insista Nell.

— Nell ne croit pas au coup de foudre, dit Polly d'un ton ferme.

— Trois mois, ce n'est pas un coup de foudre, rétorqua Fred, pensif. Je veux dire... Ils n'ont pas tort. Il m'a fallu moins de temps que ça pour tomber amoureux de toi. Tu as eu besoin d'un peu plus de temps pour réaliser ce que je savais déjà...

Polly leva les yeux au ciel.

— Très bien. Voilà ce qu'on va faire : soit vous assistez ensemble à tous les temps forts de ce mariage, soit vous trouvez un autre partenaire pour vous accompagner, mais attention ! Interdiction de venir avec un ou une amie, ou avec une personne que vous venez de rencontrer. Il n'est pas nécessaire que ce soit la personne de votre vie – je ne m'attends pas à des miracles ! –, mais il faut que ce soit quelqu'un avec qui vous croyez sincèrement avoir une chance. D'accord ?

Alex et Nell échangèrent un rapide regard, puis acquiescèrent. Mais quelque chose dans les yeux de Polly disait à Alex qu'il était en train de se faire piéger, même s'il n'était pas tout à fait sûr de savoir pourquoi. Elle avait dit qu'elle ne s'attendait pas à des miracles. Était-ce sa façon de le pousser dans les bras de sa sœur ? Elle le connaissait bien, pourtant ! Il n'était pas du genre à se fixer, car il savait à quel point cela pouvait rendre un homme malheureux.

— Et si vous n'avez personne d'ici à la soirée prévue pour

les enterrements de vie de jeune fille et de garçon, vous vous mettrez ensemble ! conclut Polly. Maintenant, passons aux choses sérieuses, comme l'organisation de ce mariage ! Rassemblons toute l'équipe ici et annonçons la nouvelle !

3

L'équipe savait déjà exactement ce qui se tramait, car elle s'était déjà rassemblée dans la petite salle de réunion, apportant des bouteilles de champagne que Nell avait vues en arrivant, ainsi que quelques plateaux de biscuits secs.

Appuyée contre le mur, elle observait l'agitation qui régnait dans la pièce désormais bondée. Fred avait lancé un diaporama sur le grand écran, représentant les différents scénarios imaginés pour la cérémonie, et il était clair, vu les idées qui fusaient de toutes parts, que cela allait durer un certain temps. La partie brainstorming était toujours la plus bruyante et la plus enthousiasmante de tout nouveau projet. Nell se demandait si elle pourrait s'échapper par l'escalier vers son bureau mansardé lorsqu'elle sentit qu'on la prenait par le bras.

— Tu sais, je pense que nous sommes de trop, ici, murmura Alex à son oreille, en se penchant suffisamment près pour qu'elle sente son souffle contre sa peau.

Elle réprima un frisson.

— Que dirais-tu d'aller faire un brainstorming stratégique, réservé au témoin et à la demoiselle d'honneur ?

— Dans un endroit où il y a du café ? demanda Nell.

Sa tasse était vide depuis longtemps, et elle savait déjà

que cette journée allait nécessiter beaucoup de caféine. Ni Polly ni Fred ne semblèrent les remarquer lorsqu'ils se glissèrent hors de la salle de réunion et descendirent l'escalier quatre à quatre. Nell ressentit une pointe de culpabilité à l'idée de quitter le bureau, mais cela ne dura pas. Polly savait exactement ce qu'elle voulait, et elle avait réuni l'équipe pour le réaliser. À part les aspects financiers et juridiques qui pourraient être abordés plus tard, Alex et elle n'avaient rien à apporter. Et pour l'instant, c'étaient les idées qui comptaient.

Polly les consulterait lorsqu'ils entreraient dans les détails.

Dehors, la matinée de printemps était chaude – l'une des premières belles journées de l'année. Nell se félicita d'avoir laissé son manteau dans la salle de réunion. Elle n'en aurait pas besoin, pas plus que de son ordinateur portable ou de ses dossiers. Elle n'avait que son téléphone avec elle, et c'était étrange d'être si peu encombrée un jour de travail. C'était comme si elle faisait l'école buissonnière. Certes, elle n'avait jamais séché les cours, mais elle imaginait que c'était un peu la même chose. Pourvu qu'elle n'ait pas oublié une réunion en visio ! Elle consulta son agenda sur son téléphone pour vérifier.

— Range ce truc et vis dangereusement avec moi pendant un moment, veux-tu ? lança Alex.

— Je pensais que nous voulions précisément éviter les erreurs, répliqua Nell.

— Bien vu ! dit Alex. Vérifie, alors...

Ils descendirent la rue verdoyante de Mayfair jusqu'à Hyde Park et s'arrêtèrent au premier café qu'ils rencontrèrent. Alex acheta deux boissons, et Nell commença à siroter la sienne en marchant.

— Un café noir allongé ! dit-elle, surprise.

Il ne lui avait pas demandé ce qu'elle voulait.

— Comment as-tu deviné ?

— Je remarque certaines choses, répondit-il. Et d'ailleurs, tu es le genre de femme à boire du café noir.

— Le genre ennuyeux, tu veux dire.

Ce n'est pas comme si elle ne savait pas ce qu'il pensait d'elle, et ce depuis de nombreuses années maintenant.

— Mais non ! répliqua-t-il. Bon, c'est quoi cette idée de mariage sur le thème du couple ?

Nell soupira.

— Je n'en ai aucune idée !

Mais ce n'était pas tout à fait vrai. Elle était la confidente la plus proche de Polly depuis toujours, et connaissait sa sœur par cœur.

— Je pense que c'est parce qu'elle est heureuse et qu'elle veut que tous ceux qu'elle aime connaissent le même bonheur. À deux.

Alex avait l'air sceptique, ce qui était tout à fait compréhensible. Polly ne savait pas qu'elle et Alex avaient déjà essayé... et échoué.

— Avec n'importe qui !

Elle haussa les épaules, plus par réflexe que par volonté délibérée. C'était ainsi que Polly fonctionnait toujours : à l'instinct, comme leur mère. Alors que Nell, elle, passait des semaines à peser le pour et le contre, à examiner ses options, avant de faire le choix le plus sûr.

— Eh bien, je suppose que c'est une bonne chose qu'elle souhaite notre bonheur.

Le ton de sa voix suggérait le contraire, mais Nell se garda bien de le lui faire remarquer.

— Tout ce que nous avons à faire, c'est lui montrer que nous sommes heureux, et elle nous laissera tranquilles.

Dit comme ça, ça ne semblait pas difficile...

— Et être présents aux soirées prévues pour célébrer ce mariage, souligna Alex.

Ça, ce serait un peu plus difficile...

Ils marchèrent quelques instants en silence dans le parc, chacun sirotant son café, perdu dans ses pensées.

Soudain, Alex demanda :

— Es-tu heureuse ?

Surprise par cette question pour le moins directe, Nell avala de travers sa gorgée de café. Elle sentit une vague de tristesse la submerger, soudain, comme jadis, lorsque Fred et Polly avaient fini par s'avouer leurs sentiments, tandis qu'Alex et elles ne pouvaient que constater leur échec. Pourtant, pour la première fois ils avaient parlé d'autre chose que de sa sœur et de son meilleur ami. Et elle avait cru, pendant un court instant, qu'il était peut-être vraiment intéressé par ce qu'elle avait à dire. Mais une nuit avait suffi pour réduire ses espoirs à néant. Et il était trop tard pour ressusciter cette amitié naissante maintenant, n'est-ce pas ?

— Euh...

— Je voulais juste dire que... tu t'es fait larguer ce week-end. Il serait tout à fait normal de ne pas être heureuse.

— Je ne me suis pas fait larguer ! prétendit Nell. Paul et moi avons réalisé que nous avions des aspirations différentes dans la vie, et nous avons décidé de nous séparer.

En vérité, Paul voulait de l'aventure et du mouvement, et pas elle. Et le fait qu'il soit déjà tombé amoureux d'une autre femme n'avait rien à voir dans l'histoire !

Au regard qu'Alex lui lança, elle se dit qu'il n'était pas dupe.

— Très bien, avoua-t-elle. Je me suis fait larguer. Mais franchement, c'était pour le mieux. Et ça ne veut pas dire que j'ai besoin de ta pitié, d'accord ? Et encore moins que tu me choisisses comme cavalière pour le mariage de ma sœur !

Il prit une voix qui ne lui ressemblait pas du tout pour dire :

— J'ai bien compris que je ne t'intéressais pas, figure-toi !

— Comme si toi, tu voulais sortir avec moi ! rétorqua Nell.

Alex s'arrêta, la toisa du regard, puis haussa les épaules.

— Je ne vois pas pourquoi je refuserais. Tu es intelligente, drôle, et objectivement très séduisante.

Nell ignora les battements effrénés de son cœur à ces mots. Oui, évidemment elle ressemblait à Polly, qui était superbe, en effet. Mais, alors que Polly était charmante, gracieuse, souriante, Nell... ne l'était pas.

Tout à coup, des souvenirs de cette soirée, à l'université, affluèrent à sa mémoire. Elle se revit dans sa petite chambre, assise à côté d'Alex sur le lit, après avoir échangé avec lui quelques baisers fougueux. Pour la première fois, elle s'était dit qu'ils pourraient aller plus loin... jusqu'à ce que la porte s'ouvre sur Fred et quelques-uns de leurs camarades surexcités qui leur avaient crié de les rejoindre pour aller boire un verre... Alex s'était écarté d'elle à la hâte. Parce qu'Alex McLeod n'embrassait pas les filles ennuyeuses et raisonnables comme Nell Andrews.

Puis il était parti en claquant la porte derrière lui. Une fois seule, elle s'était consolée en se disant que c'était pour le mieux. Alex McLeod ne correspondait pas à l'homme qu'elle attendait, de toute façon.

Ils n'avaient jamais reparlé de ce baiser.

— Ça n'a pas d'importance, dit-elle, sachant exactement comment mettre un terme à cette conversation. Tu ne sortiras jamais avec moi, parce que je suis trop ennuyeuse pour toi. Point barre.

— Ennuyeuse ?

Désignant le banc le plus proche, Alex la fit asseoir, puis l'observa attentivement. Ses cheveux noirs soyeux qui tombaient sur ses épaules, ses yeux azur derrière ses lunettes d'écaille, son petit nez droit... Elle était ravissante, certes, mais il passait à côté de quelque chose.

— Tu *veux* être ennuyeuse ! réalisa-t-il soudain.

Elle haussa les épaules, et son éternel petit pull noir glissa – juste d'un centimètre ou deux, mais suffisamment pour qu'il ait le temps d'apercevoir une bretelle de soutien-gorge rose vif.

Aussitôt, un souvenir resurgit, et il la revit, dans sa chambre d'étudiante, dans son vieux peignoir qu'elle n'avait pas noué assez serré pour cacher la lingerie léopard qu'elle portait au-dessous. L'espace d'un instant, il avait pensé que c'était Polly, jusqu'à ce qu'il voie celle-ci passer dans le couloir, bras dessus, bras dessous avec Fred. La lingerie sexy était plutôt le genre de Polly, tandis que Nell portait des sous-vêtements en coton. Du moins l'avait-il cru jusqu'alors. Jusqu'à ce qu'elle l'embrasse avec une fougue incroyable... Avant de faire, ensuite, comme si rien ne s'était passé.

— Mais pas du tout ! répliqua Nell avec force.

Il perçut la détresse, dans sa voix.

— Peut-être que ce que tu es n'est pas aussi ennuyeux que tu le penses, tu sais.

Oh ! il ne disait pas cela à cause de ses dessous, ni parce que le souvenir ancien d'une nuit d'ivresse lui était revenu. Mais parce qu'il voyait cette étincelle dans son regard chaque fois qu'un collègue lançait une idée stupide, dont elle n'osait pas se moquer. Il l'avait vue, pendant des années, se tenir à l'écart de tout, sans jamais se donner à fond, mais savait qu'une part d'elle-même en avait envie.

Il avait aussi passé beaucoup de temps avec son ex, Paul, et s'était toujours demandé ce qu'elle lui trouvait. Il n'y avait pas de lien comme entre Fred et Polly entre eux. Il n'y avait pas non plus de réelle alchimie, à en juger par les brefs baisers dont il avait été témoin. Et rien non plus dans la compagnie ou la conversation de Paul – qui n'était pas très brillante – n'expliquait cet engouement. Il était assez beau gosse, cependant, mais Nell n'avait pas vraiment l'air d'y accorder beaucoup d'importance. Même Polly avait été incapable d'expliquer leur relation, et pourtant ils étaient restés ensemble pendant deux longues années. Elle devait l'aimer, supposait-il. Maintenant qu'il ne faisait plus partie de sa vie, était-elle prête à laisser s'exprimer toute sa fantaisie ? Alex n'en était pas sûr, aussi revint-il au sujet qui les occupait.

— Alors, ce mariage ? Si on ne veut pas y aller ensemble, il va falloir trouver d'autres personnes.

Nell acquiesça.

— J'y ai pensé. Je ne cherche pas quelqu'un pour la vie, et je n'ai pas non plus envie de trouver n'importe qui dans les trois prochains mois, juste pour faire quelques photos !

Alex avait toujours entendu dire que l'organisation d'un mariage affectait la raison, mais Polly semblait déjà être passée à un niveau supérieur. S'il n'avait pas été convaincu des sentiments que se portaient Polly et Fred, il aurait pu croire que tout cela n'était qu'un gigantesque coup de publicité pour l'entreprise – qui d'ailleurs n'en avait pas besoin.

— Il faut trouver des compagnons crédibles. Des gens dont nous pourrions vraiment tomber amoureux, poursuivit Nell. Mais s'il ne s'agit que de faire des photos, nous pourrions peut-être prendre la pose ensemble, non ?

Alex haussa les épaules.

— Bien sûr. Si tu es sûre de pouvoir supporter ma proximité

assez longtemps pour que l'obturateur d'un appareil-photo se ferme plusieurs fois de suite ! ironisa-t-il.

Nell lui donna une légère bourrade.

— Tu prends ça trop à cœur. Cela n'a rien de personnel !

— Quoi ? Le fait que tu ne veuilles pas sortir avec moi ? En quoi n'est-ce pas personnel ?

— Tu ne le veux pas non plus, de toute façon.

— Je n'aime pas qu'on me dise ce que je dois faire, ni qui je dois fréquenter, répondit-il. Et je suis tout à fait capable de trouver une cavalière tout seul !

Nell lui adressa un sourire malicieux.

— OK, alors on va faire comme ça ! L'opération *Cavalier* est lancée !

— Très bien ! Le premier qui a trouvé prévient l'autre, soupira Alex.

— Oui, mais il faut respecter les règles énoncées par Polly. Si c'est bidon, elle le saura. Je ne sais pas comment, mais elle le saura ; alors méfions-nous !

Il connaissait suffisamment Polly pour ne pas contester ce point. Son intuition était redoutable.

— La personne choisie devra faire illusion, et tout le monde devra croire que la relation est authentique.

Elle n'aurait pas de mal à trouver mieux que Paul, de toute façon, songea Alex. Peut-être que ce mariage lui donnerait l'élan nécessaire pour chercher la bonne personne. Alex était presque sûr que Nell était tout sauf ennuyeuse, mais elle avait besoin d'un partenaire qui l'aide à exprimer le meilleur d'elle-même. Et ce ne serait pas lui, il le savait depuis longtemps...

— Exactement.

Nell acquiesça et lui tendit la main, qu'il serra.

L'opération *Cavalier* était lancée.

4

Nell était ravie d'avoir lancé cette opération en accord avec Alex, mais sa mise en pratique n'était pas aussi simple qu'elle l'avait cru. De toute façon, sa sœur maintiendrait son invitation, même si elle ne trouvait pas la personne adéquate, songea-t-elle. De plus, si elle trouvait quelqu'un trop tôt, elle devrait sortir avec lui pendant les trois mois précédant le mariage, et elle n'était pas sûre d'être prête pour cela. La trahison de Paul était encore trop récente, et si assister avec un homme à un mariage était une chose, lui faire confiance au point de sortir avec lui pour de bon et d'imaginer un avenir ensemble en était une autre... Elle relégua donc cette question à l'arrière-plan pendant la semaine suivante et se concentra sur son travail chez *Here & Now*.

La procrastination fut une stratégie payante, jusqu'à ce qu'elle se retrouve chez Polly et Fred pour un dîner, le week-end suivant. Elle était tranquillement assise sur le canapé avec un verre de vin, feuilletant l'un des nombreux magazines de mariage de Polly, lorsque sa sœur lança son attaque.

— Alors, comment se passent tes recherches ? Pour le mariage, je veux dire...

Polly prit place à côté d'elle, son ordinateur portable sous le bras.

— J'ai tout mon temps, répondit-elle. Je ne veux pas me précipiter. Tu as été très claire sur le fait que tu voulais que j'amène quelqu'un avec qui je pensais avoir un avenir, non ?

Nell savait par expérience que la seule façon de l'emporter face à sa jumelle était d'utiliser ses propres arguments contre elle.

— Tu as raison.

Polly ouvrit son ordinateur sur ses genoux et orienta l'écran vers Nell.

— Tu as besoin de quelqu'un qui soit 100 % compatible ! C'est pourquoi je t'ai inscrite sur ce nouveau site de rencontre mis au point par un de nos clients. Il est extrêmement précis en matière de traits de caractère, de goûts personnels et de croyances ! Fred et moi l'avons testé, et nous avons été mis en relation instantanément.

— Je ne suis pas sûre d'avoir envie de m'inscrire, dit Nell. Je crois que ce genre de sites n'est pas fait pour moi.

Elle repoussa doucement l'ordinateur vers Polly, qui le repoussa de nouveau vers elle.

— Bien sûr que si ! C'est pour tout le monde ! C'est écrit ici en haut, tu vois ?

Nell soupira.

— Tu m'as déjà inscrite, c'est ça ? Tu as rempli le questionnaire à ma place ?

Polly ne sembla nullement déstabilisée.

— Bien sûr ! répliqua-t-elle avec un grand sourire. Tu dis toujours que je te connais mieux que toi-même.

C'était vrai, mais cela n'empêchait pas Nell de se sentir... Comment, au juste ? Comme si c'était un algorithme qui allait désormais régenter sa vie. Comme si son existence était… figée. Inchangée et inchangeable. Ce qui correspondait assez à la réalité, en fait, car il y avait longtemps qu'elle avait décidé qui elle voulait être, et cela se résumait assez facilement : elle ne voulait pas être comme sa mère, qui avait laissé ses filles derrière elle pour courir le monde en passant d'une aventure, d'un amant à un autre. Elle devait toujours être au centre de l'attention. Polly avait hérité des meilleurs aspects de la personnalité de Madeline Andrews. Non seulement de sa beauté et de son charme, mais aussi de son ouverture d'esprit. Dotée d'une empathie dont leur mère n'avait jamais fait preuve, Polly attirait les gens et se faisait aimer d'eux. Si elle se montrait parfois égocentrique, ce n'était pas grave, car elle était aussi capable de s'occuper des autres et de mettre sa force de persuasion au service de causes qui lui tenaient à cœur et profitaient à tous. Peut-être était-ce la raison pour laquelle personne ne s'opposait aux plans de mariage délirants qu'elle avait imaginés. Nell avait elle aussi hérité du physique de sa mère, mais ne possédait pas son charme naturel. Elle avait un esprit très analytique, fait pour gérer des feuilles de calcul et des données complexes. Elle ne voulait pas être au centre de quoi que ce soit, et n'aimait ni les drames ni les vagues. Elle voulait la sécurité que leur mère n'avait jamais pu leur offrir. Alex lui avait reproché de faire exprès d'être ennuyeuse, et il avait peut-être raison !

Mais qu'y avait-il de mal à cela, après tout ? Elle fit défiler l'écran et vit les réponses que Polly avait données à sa place. À bien des égards, elles étaient justes – sa jumelle la connaissait vraiment mieux qu'elle ne se connaissait elle-même. Mais à intervalles réguliers, elle tombait sur une réponse qui la dérangeait.

— Mon rendez-vous idéal est une croisière sur la Seine ?

Polly haussa les épaules.

— Et j'adorerais aller dîner dans un restaurant sur le toit ? Tu te souviens que j'ai le vertige, quand même ?

— Tu as peur de tout, dit Polly, sur le ton du simple constat. Mais en amour, il faut parfois prendre des risques. Sauter de la falaise, pour ainsi dire.

— Et si je ne veux pas ?

— Alors tu devras venir à mon mariage avec Alex, dit Polly.

— D'accord !

Être la cavalière par défaut d'Alex McLeod était bien pire que de se lancer dans une série de rendez-vous arrangés sur un site de rencontre. Ce serait le mariage de l'année, et tout le monde saurait qu'il ne l'avait « choisie » que parce que personne d'autre n'avait voulu d'elle !

Polly dut lire dans ses pensées, car elle répondit :

— Alors, passons en revue ces profils. Avant que Fred ait fini de cuisiner le curry, je veux que tu trouves un rendez-vous tous les week-ends jusqu'à l'enterrement de vie de jeune fille !

Résignée, Nell hocha la tête.

Ce n'était pas qu'Alex ne veuille pas trouver de cavalière pour le mariage de Polly et Fred, mais il estimait qu'il n'y avait pas d'urgence.

Trois mois, c'était trop bref pour trouver quelqu'un avec qui il envisagerait de passer le reste de sa vie – trois ans n'auraient pas non plus suffi. Mais pour rencontrer quelqu'un qui accepte de sortir avec lui durant les quelques semaines qui sépareraient l'enterrement de vie de garçon du mariage lui-même ? Pas de problème ! Nell et lui joueraient au couple amoureux pour les photos, et tout irait bien.

Vraiment, il n'y avait aucune urgence. C'était pour cela qu'il ne se pressait pas et qu'il avait été surpris que Fred aborde le sujet le week-end suivant l'annonce des fiançailles. Ils se retrouvaient un dimanche par mois, soit pour assister à un match de rugby, soit pour une soirée au pub ou encore pour une sortie sportive. Ce mois-là, l'escalade était à l'honneur, et Fred attendit qu'ils aient presque atteint le sommet de la corniche avant de lancer :

— Alors, tu as déjà trouvé ta cavalière pour le mariage ?

Alex, concentré sur sa prochaine prise, répondit simplement : « Non. »

Fred s'assit au sommet, puis insista :

— Il reste trois mois, tu sais ? Un peu moins même. Et Polly commence à s'inquiéter...

Ah ! cela expliquait tout ! Polly était préoccupée, ce qui signifiait que Fred devait l'être aussi, sinon elle lui en voudrait et s'en prendrait à lui. Une fois de plus, il servait de bouc émissaire ! Haletant, il se hissa jusqu'à Fred et prit place à côté de lui. La vue était magnifique ! Ils se trouvaient suffisamment loin de la ville pour avoir l'impression d'être dans un autre monde. Même s'il aimait l'animation de Londres, ses restaurants et ses bars, il appréciait beaucoup aussi l'atmosphère paisible de la campagne. Respirer l'air pur, regarder les nuages passer au-dessus des arbres et des collines plutôt que des gratte-ciel le réjouissait toujours, et il préférait le chant des oiseaux au vacarme des voitures ou aux sonneries des portables.

— Alors ?

S'il avait été à Londres, il aurait pu échapper à cette conversation en s'engouffrant dans une bouche de métro ou en prétextant un rendez-vous. Mais ici, hélas ! il n'y avait pas d'échappatoire.

— Je n'ai pas encore beaucoup réfléchi à la question, répondit-il.

Unique en son genre, l'histoire de Fred et de Polly ressemblait à une romance de cinéma. Et Alex était toujours étonné de voir à quel point ils étaient complémentaires. Il n'aurait jamais cru cela possible. Ses parents se disputaient régulièrement, partaient en claquant la porte et refusaient de se parler pendant des semaines. Sa mère allait alors s'installer dans l'une de leurs résidences – souvent avec un amant, plus jeune, dont son père prétendait ignorer l'existence – avant de revenir, généralement lorsque l'argent venait à lui manquer. Ils se réconciliaient, et puis tout recommençait...

Quand Fred et Polly se disputaient, au moins, ils parvenaient à un accord. Après avoir beaucoup crié, chacun finissait par comprendre le point de vue de l'autre, même s'il ne le partageait pas. Et personne ne s'était jamais enfui – du moins pas plus d'une nuit, le temps de se calmer.

Souvent, c'était Polly qui décidait qu'elle avait besoin d'une soirée entre filles. Fred appelait alors Alex pour lui proposer d'aller boire une bière, et au petit matin Polly revenait, et c'était fini...

Fred laissa échapper un soupir las.

— Écoute, mon pote... Personnellement, je m'en fiche un peu. Si tu veux rester seul, ça ne me dérange pas. Mes enfants t'appelleront « tonton Alex », et tu viendras déjeuner à la maison tous les dimanches, mais...

— Au moins, je n'aurai pas à assumer la responsabilité d'une famille ou d'un conjoint !

— Si tu veux, acquiesça Fred. Mais pour les trois prochains mois, tu dois faire comme si l'amour était la chose la plus merveilleuse du monde. Pour Polly. Et pour moi, parce qu'elle m'en voudra si tu ne le fais pas. Trois mois, mec !

Il pouvait bien faire illusion pendant trois mois par amitié, non ?

— Ne t'inquiète pas, répondit-il, je vais trouver quelqu'un.

— Tu sais, Polly a inscrit Nell sur un site de rencontre que nous avons testé pour l'un de nos clients. Elle a déjà des rendez-vous tous les week-ends jusqu'à l'enterrement de vie de jeune fille ! Tu veux qu'on t'y inscrive aussi ?

Alex se demanda ce qui l'agaçait le plus : que Fred pense qu'il ait besoin d'un site Internet pour trouver des femmes, ou que Nell ait déjà rempli son agenda. Elle n'avait pas perdu de temps, ce qui signifiait qu'elle était prête à tout pour éviter d'être sa cavalière ! Pendant une seconde, l'image de Nell assise à côté de lui, sur le banc, et sirotant son café, lui traversa l'esprit, accompagnée d'une question : que faudrait-il pour la dérider un peu ?

Chassant bien vite cette pensée troublante, Alex sortit son téléphone. Il avait déjà essayé de sortir avec Nell, et cela avait été un désastre. Elle avait été tellement traumatisée par ce fameux baiser qu'elle lui avait à peine adressé la parole pendant des mois !

— Je peux facilement trouver quelqu'un, tu sais, dit-il en faisant défiler ses contacts.

Il trouva celle qu'il cherchait et appuya sur le bouton d'appel.

— Salut, Annabel ! dit-il quand elle répondit. Alex McLeod à l'appareil. On s'est rencontrés au vernissage de la galerie Adams, le mois dernier. J'aurais dû te rappeler plus tôt, mais j'ai été débordé...

Il marqua une pause pour la laisser dire qu'elle non plus n'avait pas vu les semaines passer, et ils rirent ensemble de la folie de la vie londonienne. C'était un numéro bien rodé...

— Écoute, reprit-il, je dois assister à une soirée à New

York ce week-end et je me demandais si tu accepterais de m'accompagner. C'est moi qui t'invite, bien sûr... Parfait ! Je t'enverrai les détails du vol dès que je les aurai et je te commanderai un taxi pour t'emmener à l'aéroport.

Il raccrocha et jeta un coup d'œil à Fred, qui n'avait pas l'air aussi impressionné qu'il l'avait espéré.

— Tu vois ? C'est facile !

5

Nell passa la semaine suivante à essayer de trouver un moyen d'échapper au premier rendez-vous, fixé le samedi soir. Mais finalement, elle décida qu'il fallait avancer – et espérer que tout se déroule au mieux. Après tout, ce site de rencontre était connu et reconnu, n'est-ce pas ?

Eh bien, il n'était pourtant pas si bien que ça.

— Ça ne peut pas avoir été aussi terrible que tu le décris ! dit Polly le lundi matin suivant, lorsqu'elle la coinça pendant sa pause-café pour qu'elle lui raconte son rendez-vous.

— Non, c'était pire ! répondit Nell.

Polly se posta devant la machine à café et lui dit :

— Raconte...

— Tu te souviens de cette idée de restaurant sur les toits que tu as mise dans mon profil ? Je peux te confirmer que ce n'était pas une bonne idée ! lança Nell en grimaçant.

— Tu as eu le vertige ? J'espérais que l'atmosphère romantique te distrairait...

— Cela aurait peut-être été le cas, si nous étions arrivés jusque-là.

Nell tenta d'esquiver par la droite, puis par la gauche, mais Polly ne désarma pas. Parfois, elle avait vraiment l'impression que sa jumelle pouvait lire dans ses pensées, surtout lorsqu'elle tentait de les lui cacher. Et d'autres fois, elle se rendait compte qu'elle ne la comprenait pas du tout...

— Alors, les filles, on se raconte son petit week-end ?

En se retournant, Nell vit Alex dans l'encadrement de la porte.

— Et alors, répliqua-t-elle sèchement, ça t'intéresse ?

— Oh ! je ne sais pas..., répondit Alex avec nonchalance. Après mon rendez-vous désastreux de ce week-end, j'aimerais bien entendre l'histoire de quelqu'un pour qui ça a marché, pour changer.

C'était difficile à imaginer, vraiment. Pour elle, tout se passait toujours bien dans la vie d'Alex.

Celui-ci sembla comprendre qu'elle était prise au piège, car il lui jeta un regard appuyé avant de proposer :

— Si je t'offre un café dehors, tu veux bien me raconter ton week-end ?

Nell fit mine de réfléchir, mais sa décision était déjà prise. Tout valait mieux que de rester à la merci de Polly !

— D'accord, allons-y !

Après une courte promenade dans le parc, où ils admirèrent des jonquilles et des crocus en fleurs, ils entrèrent dans le même café que la fois précédente.

— Alors, que s'est-il passé ? demanda Alex alors qu'ils attendaient leur commande.

Nell laissa échapper un soupir las.

— Quand Polly a rempli mon profil, elle a dit que pour moi un rendez-vous vraiment romantique était un dîner dans un restaurant sur un toit, avec vue panoramique sur la ville...

— C'est un bon programme...

— Oui, quand on ne souffre pas de vertige.

Chacun prit son café, et ils s'éloignèrent, presque machinalement, vers le banc qu'ils avaient occupé la fois précédente.

— En fait, cela n'a pas eu d'importance, poursuivit Nell. Parce que l'ascenseur qui menait au dernier étage est tombé en panne à mi-chemin et que nous sommes restés coincés dedans pendant trois heures, en attendant que les pompiers viennent nous sortir de là.

— Trois heures dans un ascenseur ! Attends, tu n'es pas un peu claustrophobe ?

— Si, si… Sans doute une partie de cache-cache qui a mal tourné, dans mon enfance…

— J'espère qu'au moins cela vous a permis d'apprendre à vous connaître ! dit Alex, cherchant désespérément une lueur d'espoir.

— Pas vraiment. Il s'est avéré qu'il était claustrophobe lui aussi, alors chacun a tenté de gérer au mieux sa crise, dans un coin de l'ascenseur…

Cela avait été sans conteste le rendez-vous le plus désastreux de toute son existence. Non qu'elle ait beaucoup d'autres points de comparaison, mais cela l'avait confortée dans l'idée que rester seule à la maison était bien plus sûr que se mettre en avant comme Polly insistait pour qu'elle le fasse.

Alex allongea ses longues jambes devant lui, sans rien dire.

— Qu'est-ce qu'il y a ? demanda-t-elle. Tu as l'air songeur. À quoi penses-tu ?

— Songeur ? Moi ?

Alex tenta de prendre un air dégagé, et échoua lamentablement. Comme elle haussait les sourcils, il capitula.

— Non, rien… Je me disais juste que si j'étais coincé dans un ascenseur avec quelqu'un qui m'attire lors d'un premier rendez-vous... eh bien, je trouverais un moyen de passer le temps !

Nell se sentit rougir. Elle savait à quoi il pensait, maintenant ! Parce que dans le monde d'Alex, c'était le genre de choses qui arrivaient : faire l'amour avec une inconnue dans un ascenseur en panne, alors que les pompiers sont sur le point d'arriver... C'était tellement loin de son monde que l'idée ne lui avait même pas traversé l'esprit. Et elle était presque sûre que cela n'avait pas non plus effleuré celui de son compagnon, occupé à dompter son angoisse. Peut-être auraient-ils dû essayer, après tout. Cela aurait pu les distraire. Mais non. Cela ne lui ressemblait pas du tout, et à en juger par son sourire en coin, Alex le savait...

— Alors, et pour toi, qu'est-ce qui n'a pas marché avec ton rendez-vous ? demanda-t-elle pour changer de sujet.

À son tour, Alex laissa échapper un long soupir.

— Crois-moi, c'était encore pire que de rester coincé dans un ascenseur pendant trois heures.

— Ah oui ?

Elle avait du mal à l'imaginer, pourtant ! Comme elle lui jetait un regard intrigué, il se leva d'un bond et jeta son gobelet de café vide dans la poubelle la plus proche.

— Allez, viens ! On va admirer les fleurs du printemps pendant que tu riras de moi !

Alex songea que New York était peut-être une destination trop ambitieuse pour sa première sortie dans le cadre de cette opération *Cavalier*. Mais il n'était pas du genre à faire les choses à moitié, et les femmes appréciaient ce genre de gestes, n'est-ce pas ? Ce qu'il n'arrivait pas à comprendre, c'était que ce type était resté coincé avec Nell pendant trois heures et qu'il n'avait même pas réussi à flirter un peu. Certes, la claustrophobie n'avait probablement pas aidé, mais tout de même... Trois heures ! À sa place, il aurait certainement essayé de l'embrasser, ne serait-ce que pour enrayer sa crise de panique. Il aurait bien aimé, d'ailleurs, être à sa place, songea-t-il, sans s'attarder sur cette idée saugrenue.

— Alors, raconte ! C'était qui ? demanda Nell alors qu'ils contournaient un parterre de jolies fleurs violettes. Un *blind date*, une vieille copine ?

Il marque une pause, puis répondit simplement :

— Rien de tout ça. Quelqu'un que j'ai rencontré lors de l'inauguration d'une galerie, il y a quelques semaines. Nous avions échangé nos numéros, et puis... chacun a repris le boulot, et aucun de nous n'a appelé l'autre. Je lui ai donc demandé si elle voulait venir à New York avec moi pour le week-end.

Il lui fallut quelques pas pour réaliser que Nell s'était arrêtée net, et lui jetait un regard stupéfait.

— New York ? répéta-t-elle, incrédule, lorsqu'il se retourna.

Il haussa les épaules.

— Cela m'a paru être une bonne idée.

— Tu ne fais vraiment pas les choses à moitié, n'est-ce pas ?

Nell secoua la tête et se remit à marcher.

— J'y allais de toute façon pour assister à une fête, expliqua-t-il. Mais ça n'a pas d'importance, parce que nous ne sommes pas arrivés jusque-là.

Nell écarquilla les yeux. Elle brûlait d'impatience, et quelque chose dans son expression le poussa à se montrer à la hauteur de ses attentes. La prenant par le bras, il l'entraîna sur un chemin qui les ramènerait au bureau, mais pas trop vite. D'ordinaire, il aimait finir tôt et profiter de ses soirées pour voir ses amis ou faire la fête mais, pour une raison étrange, il avait envie de prolonger cette pause-café avec Nell. Il travaillerait plus tard pour se rattraper !

— Imagine… C'est vendredi soir à Londres, et il pleut des cordes. Le chauffeur gare ma limousine devant une maison de Chelsea…

— Évidemment… Pour un premier rendez-vous, il faut faire les choses en grand !

— Exactement. Donc, je suis dans ma limousine, vêtu de mon plus beau costume, prêt à m'envoler pour la Grosse Pomme avec une jolie femme à mon bras. Et…

— Tu ne l'aurais pas invitée si elle n'avait pas été belle ? lança Nell.

Quelque chose dans sa voix le fit tiquer, mais il ne s'y attarda pas.

— Je ne fréquente que des jolies femmes, répliqua-t-il, un brin suffisant. À moins que je ne les trouve toutes belles.

Cela ne lui était pas venu à l'esprit auparavant. Mais en réalité, il y avait en chacune des femmes qu'il avait rencontrées quelque chose qui lui avait plu. Il n'était pas de ces hommes qui avaient un type de femmes et ne regardaient même pas les autres, et il trouvait des atouts à chacune d'elles. Chez Nell, c'était la cascade de cheveux noirs sur ses épaules, les yeux complices et moqueurs derrière ses lunettes, les courbes flatteuses… Certes, Nell possédait davantage d'atouts que la plupart des femmes, mais…

— Continue…

Elle semblait perplexe, mais comme il ne savait pas trop comment la convaincre, il poursuivit son récit :

— C'est alors que je l'ai vue sortir de chez elle en titubant. Le chauffeur a pris sa valise pendant que je l'aidais à monter dans la voiture, et c'est à ce moment-là que je me suis rendu compte qu'elle était ivre.

Nell haussa les sourcils, manifestement interloquée.

— Quoi ? Comment ça ?

— Elle tenait à peine debout ! confirma Alex. Je me suis tout de suite dit que les choses allaient mal se passer.

Cette histoire avait l'air de beaucoup l'amuser, constata Alex, qui poursuivit :

— Quand elle s'est jetée sur le minibar de la limousine, je me suis dit que j'avais vu juste !

Nell éclata de rire.

— Et quand vous êtes arrivés à l'aéroport...

— J'ai cru qu'elle allait s'évanouir ou vomir sur les chaussures du steward !

— On ne l'a pas laissée monter dans l'avion ?

La guider dans l'aéroport avait été un supplice. Alex avait accès au salon VIP, bien sûr, mais n'avait pas vraiment eu envie de l'y emmener. De toute façon, ils ne seraient même pas arrivés jusque-là.

— Qu'est-ce qui s'est passé ensuite ? voulut savoir Nell.

— Nous n'avons pas pu passer la sécurité, car en fouillant ses bagages les douaniers ont trouvé des substances prohibées...

Devant l'air horrifié de Nell, Alex esquissa un sourire. Il aimait bien boire un verre et s'amuser comme tout le monde, mais il n'avait jamais touché à la drogue et n'avait pas l'intention de le faire un jour.

— Incroyable..., murmura Nell.

— Elle a bien essayé de m'incriminer en disant que c'était moi qui avais placé ces pilules dans ses bagages, mais ils n'y ont pas cru et m'ont laissé partir. Mais j'ai quand même raté mon vol ! Après cet épisode, je n'avais plus vraiment envie d'aller passer le week-end à New York, de toute façon.

Nell lui sourit d'un air malicieux, et Alex ne put s'empêcher de lui rendre son sourire.

Finalement, il n'était pas mécontent de cette aventure, car elle lui avait au moins permis de passer un moment avec Nell, songea-t-il comme ils approchaient du bureau. Un moment de complicité comme ils n'en avaient pas connu depuis longtemps...

6

Le week-end suivant, Polly et Fred fêtaient leurs fiançailles. Nell avait tenté de faire valoir qu'il n'était pas vraiment habituel d'amener un quasi-inconnu à un événement familial comme celui-ci, mais Polly l'avait emporté. Nell mit donc sa robe de soirée – noire, évidemment –, ses bottes à talons, et prit soin d'appliquer un peu de rouge sur ses lèvres.

Elle attendit sur le seuil de sa porte que son rendez-vous du soir se présente, mais rien ne se produisit. Elle attendit encore un peu et, enfin, un message d'annulation lui parvint. Elle en fut doublement soulagée : d'abord, parce qu'elle n'avait plus à sortir avec un inconnu et ensuite parce qu'elle n'aurait jamais pu aller plus loin avec quelqu'un d'aussi peu fiable.

Elle attrapa sa veste en daim noir, son sac et son téléphone, et sortit. Polly et l'équipe avaient loué pour l'occasion les jardins et le rez-de-chaussée d'un manoir londonien qui plaisait beaucoup à leurs clients habituels. Nell espéra qu'ils avaient fait appel au même traiteur, qui préparait des plats délicieux.

L'endroit était niché dans une petite rue londonienne et entouré d'autres bâtiments aussi luxueux les uns que les autres. En temps normal, il aurait été impossible de deviner lequel d'entre eux avait été aménagé pour accueillir un événement festif, mais à peine était-elle sortie de la bouche de métro qu'un flot de musique lui parvint.

Elle sourit à l'agent de sécurité posté près des grilles, puis monta les marches jusqu'au perron, où une grande porte s'ouvrit pour l'accueillir. Le hall pavé de marbre était décoré du sol au plafond, et jusqu'aux immenses portes vitrées qui ouvraient sur toute la partie arrière de la maison – terrasse et grand jardin. À l'extérieur, les lumières et la musique étaient très fortes, et l'air bruissait des rires et des cris joyeux des invités qui profitaient des manèges et des stands de foire que Polly avait fait installer pour la soirée. Nell s'arrêtait au bar pour prendre un verre de vin lorsqu'une voix familière lui souffla à l'oreille :

— Sympa, comme ambiance, tu ne trouves pas ?

— Oui, Polly a bien fait les choses...

Elle se tourna vers Alex et sentit sa gorge se nouer quand elle le découvrit vêtu d'un pull rouge foncé à col en V et d'un jean noir particulièrement seyant. Il était toujours impeccable dans ses costumes de travail, bien sûr, mais elle s'y était habituée au fil des ans. Le voir habillé de façon plus décontractée, plus sexy aussi, fit monter en elle une vague de chaleur tout à fait incongrue, qu'elle s'efforça de chasser en inspirant profondément. Alex McLeod avait toujours été magnifique, et s'il ne l'avait pas laissée tomber après l'unique baiser qu'ils avaient jadis échangé dans sa chambre...

Elle toussa pour masquer son trouble mais déjà les souvenirs affluaient, et avec eux ses éternelles questions : que se serait-il passé ce soir-là si Fred et les autres ne les avaient pas interrompus ? Si Alex n'était pas parti à la hâte – ou si elle avait attendu qu'il revienne ? Auraient-ils passé la nuit ensemble ?

Un autre couple s'approcha du bar, et Alex lui mit la main

dans le dos pour l'entraîner dans le jardin, mettant fin à ses réflexions. Il la retira dès qu'ils furent dehors, mais Nell eut l'étrange sensation de la sentir toujours posée sur elle.

— Alors, où est ton cavalier n° 2 ? demanda Alex d'un ton léger. On m'a assuré que tu en aurais un tous les samedis soir pendant trois mois !

Nell lui adressa un sourire qu'elle espérait nonchalant.

— Oh ! Il m'a posé un lapin. Je vais devoir faire cavalière seule ce soir...

— Je ne suis pas sûr que ce soit autorisé, tu sais ! lança Alex en pointant du doigt un panneau rose vif indiquant Couples uniquement accroché devant un manège.

Nell soupira. Polly les avait prévenus, pourtant !

— Tu vas être obligée de rester avec moi...

Quelque chose dans sa voix poussa Polly à se tourner vers lui. Elle scruta son visage tout en essayant de mettre le doigt sur l'étrange impression qui l'avait saisie.

— Et toi, au fait, où est ta cavalière ? demanda-t-elle d'un ton faussement innocent. Ne me dis pas qu'elle est restée bloquée à la douane !

Il sourit.

— Pas aujourd'hui. Ce soir, elle est tombée sur son ex, qui n'a pas reçu lui non plus le mémo de Polly et est venu en célibataire. Ils ont commencé à discuter, et quand je t'ai aperçue au bar et que je me suis éclipsé, je ne suis pas sûr qu'ils l'aient remarqué.

Il avait parlé d'un ton désabusé, remarqua Nell. Peut-être que pour lui ce n'était qu'une anecdote de plus à raconter, mais si cela lui était arrivé à elle, elle se serait enfuie et ne se serait pas montrée de la soirée. Ce qui n'était pas le cas pour Alex, donc.

— Viens, dit-il en la prenant par le bras.

Elle le suivit sur la pelouse en direction des manèges – heureusement qu'elle avait mis ses bottes ! – puis s'arrêta net en apercevant un visage familier dans la file d'attente. Alex, qui avait suivi son regard, se figea lui aussi.

— Ce n'est pas...

— Paul ?

— Oui.

— Qu'est-ce qu'il fait ici ?

Il y avait une pointe de colère dans la voix d'Alex, ce que Nell apprécia.

— Je n'en ai absolument aucune idée, admit-elle. Pourquoi diable Polly aurait-elle invité l'ex-petit ami de sa sœur à sa fête de fiançailles ?

À moins que...

— Avec qui est-il ? demanda-t-elle d'une voix blanche.

Seuls les couples étaient autorisés, c'était la règle. Ce qui signifiait qu'il devait être venu avec une autre femme. La femme pour laquelle il l'avait quittée, et dont il lui avait dit qu'elle était plus excitante, plus amusante qu'elle. Celle qui le faisait se sentir plus vivant qu'il ne l'avait jamais été avec elle. Celle avec qui il faisait probablement déjà l'amour alors qu'ils vivaient encore ensemble.

— Oh ! dit Alex d'un ton qui ne présageait rien de bon. C'est la cousine de Fred, Jemima. Je n'avais pas réalisé que...

— C'est pour elle qu'il m'a quittée, apparemment.

Dans la file d'attente, Jemima passa la main dans ses longs cheveux parfaitement coiffés et ondulés, et sourit avec adoration à l'homme que Nell avait failli épouser.

— Tu veux aller retrouver Polly et Fred ? demanda doucement Alex.

Il avait pitié d'elle !

Eh bien, elle n'en avait pas besoin, loin de là ! Il faudrait bien plus qu'un petit ami infidèle pour la briser. Nell fixa Paul et Jemima encore un moment, puis se tourna vers Alex.

— Non. Nous sommes venus pour nous amuser. Je veux faire quelques tours de manège et manger trop de beignets !

— D'accord, répondit Alex en serrant fort son bras.

Nell refusa d'emblée de monter sur la grande roue.

— Et si elle se bloque ? lança-t-elle, horrifiée, lorsqu'il lui proposa de faire un tour.

— C'est à cause de ta mésaventure dans l'ascenseur que tu penses à une chose pareille ? demanda Alex.

Il vit ses joues rosir légèrement, et ne put s'empêcher de trouver cela charmant.

— Parce que tout ce qui vole n'est pas dangereux, tu sais !

— Je n'aime pas trop les hauteurs, reconnut-elle.

En la voyant frissonner, Alex passa instinctivement un bras autour de ses épaules.

— C'est l'un de mes cauchemars récurrents...

— Pas de grande roue, alors.

Ce n'était pas une vraie fête foraine, bien sûr – il n'y avait pas assez d'espace pour cela, même dans le parc de la somptueuse demeure que Polly avait louée. Mais un manège était installé près de la grande roue, ainsi que des autos tamponneuses. Alex craignait que Nell ne soit pas très enthousiaste à l'idée de prendre le volant d'une d'entre elles, alors ils se dirigèrent vers la dernière attraction, un manège moins impressionnant que la grande roue... et baptisé : « Le Tunnel de l'Amour ».

Il y avait une petite file d'attente ; ils attendirent donc leur tour, et Alex en profita pour apprécier l'ambiance de cette soirée. Ce n'était pas une vraie fête foraine, il le savait, mais cela lui rappelait des souvenirs.

— Lorsque j'étais enfant, une foire se tenait l'été dans le village où se trouvait notre propriété, commença-t-il.

Il ne savait pas exactement pourquoi, mais Nell avait l'air d'avoir besoin de se changer les idées ce soir-là, et lui raconter des anecdotes sur sa vie était sa façon de la distraire. D'habitude, c'étaient des anecdotes qui le mettaient en valeur, des histoires pleines de rebondissements où il avait toujours le beau rôle. Mais ce soir-là, c'était différent, car Nell ne ressemblait en rien à son public habituel.

— Je regardais les lumières par la fenêtre de ma chambre, et j'écoutais les cris et les rires, poursuivit-il. Parfois même, la brise m'apportait la bonne odeur des beignets en train de frire. J'aurais donné n'importe quoi pour aller y faire un tour...

Elle leva vers lui un regard surpris.

— Et tu n'y allais jamais ?

Alex haussa les épaules.

— Ce n'était pas un endroit convenable pour le fils de Callum McLeod.

Était-ce de la pitié qu'il lut dans ses yeux ? Alex espéra que non. Il ne voulait pas qu'on le plaigne. Il avait grandi dans un milieu privilégié et n'avait manqué de rien – sauf peut-être de quelques loisirs simples. Il avait conscience de sa chance. Ce tunnel de l'Amour ne ressemblait pas tout à fait à ceux qu'il avait vus dans des films, et pourtant, pensa-t-il alors qu'il aidait Nell à s'installer et qu'elle repliait sa jupe sous ses jambes, le principe était le même : un couple prenait place dans une petite barque qui avançait dans le noir, et tout pouvait arriver...

Nell lui lança un regard d'avertissement lorsque la

barque en forme de cygne commença à bouger. Un regard qui signifiait qu'il ne devait rien tenter...

Malgré tout, il avait le plus grand mal à ne pas s'imaginer en train de l'embrasser alors qu'elle admirait les ridicules cupidons en néon et les cœurs phosphorescents qui décoraient le tunnel.

— Il n'y a bien que Polly pour trouver ça romantique ! lança-t-elle quand il se tourna vers elle. Pour elle, le romantisme est quelque chose qu'il faut montrer. C'est presque un jeu...

— Elle porte son cœur en bandoulière, dit Alex. Elle ne cache pas ce qu'elle ressent.

Contrairement à sa sœur, songea-t-il.

— Oui, c'est ça, soupira Nell. Je l'aime beaucoup, mais parfois je me demande comment nous pouvons être jumelles.

Alex se posait la même question, alors il acquiesça.

Soudain, la barque prit un virage, et Nell fut poussée contre lui. Spontanément, il passa le bras autour de ses épaules.

— Pourquoi penses-tu être si différente ? demanda-t-il.

— Je n'en sais rien...

Elle ne voulait tout simplement pas en parler, comprit Alex, qui savait lire entre les lignes Mais à sa façon de se mordiller la lèvre inférieure, il se dit qu'elle avait pourtant peut-être besoin d'en parler. Il tenta de l'y inciter.

— Vraiment ?

— Eh bien... quand nous étions enfants, j'ai toujours su que, malgré notre ressemblance physique, Polly et moi étions différentes à l'intérieur. C'est une question de tempérament, certes, mais sans doute aussi est-ce lié à notre éducation.

— Comment ça ?

Polly ne parlait pas beaucoup de sa famille et, à sa connaissance, Nell non plus. Tout ce qu'il savait, c'est que leur père était mort lorsqu'elles étaient très jeunes et qu'elles avaient ensuite passé beaucoup de temps avec leurs grands-parents.

— Tu veux parler de l'influence de ton père ?

— En partie, oui. Nous ne l'avons pas très bien connu, car il est mort jeune. Tu savais que c'était un aventurier ?

Elle grimaça.

— Polly m'a dit qu'il avait été chasseur de trésors, dit Alex. Qu'il plongeait dans des épaves...

— C'est ça, oui...

Il y avait une note amère dans la voix de Nell, qu'il ne s'expliquait pas tout à fait.

— C'est... plutôt cool, n'est-ce pas ?

— Quoi ? Courir le monde à la recherche de trésors dont personne n'a voulu pendant des décennies au lieu d'élever ses filles ? Je ne sais pas...

En effet, songea Alex, *dit comme ça, c'est beaucoup moins cool.*

— On ne le voyait pas pendant des mois, une fois même pendant toute une année. Quand il est mort en fouillant une épave, cela n'a pas changé grand-chose pour nous.

Les plis au coin de sa bouche suggéraient le contraire. Même si Alex était persuadé que Nell aurait voulu être indifférente, il sentait qu'au contraire cela la rongeait, et qu'elle s'en souciait beaucoup trop. La connaissait-il vraiment aussi bien qu'il le croyait ?

— Je suis désolé, murmura-t-il.

— Il nous a laissées avec elle. Mais elle ne s'intéressait pas beaucoup à nous non plus.

— Ta mère ?

— Oui.

Elle détourna le regard et, alors que le cygne abordait le dernier virage, il la serra plus étroitement contre lui. Il songeait à ses propres parents. À son père, enfermé dans son château sur la colline, dernier d'une longue lignée de McLeod à veiller sur la propriété familiale, par sens du devoir, mais au détriment de son bonheur personnel. À sa mère, qui allait et venait au gré de ses envies. Et au petit garçon qu'il avait été, qui avait grandi dans un monde qui lui paraissait hors de portée – jusqu'à ce qu'il parte enfin pour le pensionnat et découvre que le monde lui appartenait.

— Polly lui ressemble beaucoup plus que moi, dit Nell doucement. Elle a hérité de son charme...

— Ce n'est que ton avis, répondit Alex, tandis que le cygne, revenu à son point de départ, s'arrêtait.

Nell eut un sourire triste.

— Tout le monde le dit, pourtant.

Elle sauta du cygne et lui tendit la main pour l'aider à en sortir à son tour.

— J'ai très envie d'un beignet ! Pas toi ?

7

Lorsqu'elles se retrouvèrent enfin seules, Polly se répandit en excuses au sujet de la présence de Paul.

— J'ignorais qu'elle l'amènerait, lui assura-t-elle. J'aurais refusé si je l'avais su !

— Ah oui ? et comment ? répliqua Nell. C'est la cousine de Fred, et Paul et elle sont ensemble !

— Oui, mais tu es ma sœur, et c'est ton ex-petit ami.

Polly croisa les bras sur sa poitrine.

— J'ai déjà dit à Fred qu'elle ne pouvait pas l'amener au mariage.

— Sauf si elle n'a pas de cavalier, fit remarquer Nell. Je te rappelle que le thème de ce mariage est le couple. Tu te rappelles ? Alors, à moins que tu ne veuilles désinviter le cousin de Fred...

Polly fronça ses jolis sourcils, tandis que Nell laissait échapper un soupir.

— S'il le faut...

— Non ! Je ne veux pas froisser Paul, ou risquer que Jemima fasse une scène, par exemple. Mais... ne les installe pas près de moi au repas du mariage, d'accord ?

— Tu es sûre ? demanda Polly.

Nell acquiesça.

— D'accord. Je ne les inviterai pas aux enterrements de vie de garçon et de jeune fille, dans ce cas.

— Très bien.

Nell avait espéré que, en se montrant raisonnable et en banalisant la présence de son ex au mariage, elle gagnerait les bonnes grâces de Polly, ainsi qu'un peu de temps. Un temps qu'elle espérait mettre à profit pour oublier qu'elle devait trouver un cavalier avant le grand jour. Mais hélas ! même si elle avait obtenu un sursis, celui-ci fut de courte durée.

— Tu n'as plus beaucoup de temps, tu t'en rends compte ?

Nell leva les yeux de son écran d'ordinateur et vit sa jumelle appuyée contre l'encadrement de la porte, un sourire faussement rieur aux lèvres.

— On pourrait penser que tu as abandonné l'idée de trouver quelqu'un d'autre qu'Alex McLeod pour aller à mon mariage, tu ne trouves pas ?

— J'ai un autre rendez-vous demain soir, répondit Nell, en faisant tout son possible pour paraître enthousiaste. Encore faudrait-il que ça fonctionne !

— Ça ne dépend que de toi ! lança Polly, avant de tourner les talons et de regagner son bureau.

Nell essaya de reporter son attention sur la feuille de calcul qui remplissait son écran, mais toutes les lignes semblaient se confondre. Épuisée, elle laissa tomber la tête dans ses mains et se demanda comment elle avait pu en arriver là. C'était probablement la faute de Polly, comme souvent. Le pire, c'est qu'elle avait fait exactement ce qu'elles avaient prévu ensemble : elle était sortie avec un homme différent tous les samedis soir au cours du mois précédent. Polly était persuadée qu'elle sabotait délibérément toutes ces soirées.

Elle semblait croire qu'elle était toujours amoureuse de Paul ou – pis encore ! – la soupçonnait d'espérer secrètement qu'Alex serait son cavalier pour le mariage. Tout cela n'avait aucun sens. Certes, ils avaient partagé un bon moment sur ce manège, à la fête foraine organisée par Polly et Fred. Et elle adorait raconter à Alex les fiascos qu'étaient ces rendez-vous avec des inconnus, tandis qu'il lui relatait ses propres tentatives ratées de trouver quelqu'un pour l'accompagner au mariage. Ces pauses-café du lundi, au parc, étaient pour elle une bouffée d'oxygène.

Elle se redressa sur sa chaise et sourit au souvenir de leurs promenades. Alors que les jonquilles fanaient et que les premières fleurs d'été commençaient à apparaître, ils avaient partagé leurs histoires de rencontres et avaient tellement ri que même les scènes les plus atrocement embarrassantes leur paraissaient cocasses. Comme la croisière en bateau sur la Seine avec l'homme qui l'avait emmenée à Paris, par exemple. Lorsque l'eau avait commencé à monter à bord et qu'ils avaient tous été évacués dans des bateaux gonflables, elle s'était dit qu'Alex ne pourrait jamais faire mieux. Jusqu'à ce qu'il lui raconte que la jeune femme avec qui il avait rendez-vous lui avait volé sa voiture !

Les semaines se succédaient, ainsi que les rendez-vous ratés… Le fait qu'elle puisse en rire avec Alex était le seul point positif de toute cette entreprise. Mais cela ne signifiait rien de plus, n'est-ce pas ? Elle était sûre que ce n'était pas le cas pour lui. Et pour sa part, elle n'était pas près de refaire la même erreur, c'était certain.

Son rendez-vous du lendemain soir lui avait promis une surprise, ce qui commençait très mal, car Polly avait indiqué dans son profil qu'elle détestait les surprises. Malgré tout, Nell enfila une veste en cuir sur la robe noire qu'elle portait avec des bottes et se rendit sur la rive Sud. Au moins, c'était loin de la gare de St. Pancras, et il y avait peu de risques pour qu'il l'emmène hors de Londres. Il fallait absolument que ça marche, cette fois-ci ! se rappela-t-elle en se hâtant d'aller retrouver l'inconnu.

Si elle échouait à trouver un cavalier, sa seule option serait d'accepter qu'Alex lui fasse la charité et l'accompagne à ce mariage. Or, elle refusait cette idée, même si les dernières semaines avaient montré qu'ils s'amusaient vraiment bien ensemble et s'entendaient à merveille. Avec lui, elle savait qu'elle n'aurait rien à craindre, mais ce n'était pas le problème. Le problème était... Quel était le problème, au juste ?

Elle reconnut l'homme accoudé à la balustrade, au bord de la Tamise, d'après sa photo publiée sur le site de rencontre et, tout en se dirigeant vers lui, essaya de mettre de l'ordre dans ses pensées. Il était brun, grand, séduisant... et il lui rappelait un peu trop Alex. Non qu'elle pensât à Alex, ce soir-là. Encore une fois, elle ne voulait pas de sa pitié ! Alex l'accepterait comme cavalière, elle en était presque certaine, parce qu'il était beaucoup plus généreux qu'elle ne l'avait imaginé. De plus, il semblait apprécier sa compagnie autant qu'elle appréciait la sienne. Mais ce n'était pas très sérieux. Ni l'un ni l'autre n'avait pensé un seul instant que cette relation avait un sens. Lui aimait l'aventure, les émotions fortes et les histoires à dormir debout, tandis qu'elle était du genre raisonnable. Elle voulait un homme qui resterait à la maison et mènerait une vie tranquille avec elle. Le genre de vie qu'elle avait imaginé avoir avec Paul. Or, ce n'était tout simplement pas la façon dont Alex vivait sa vie.

Ils savaient tous les deux depuis longtemps qu'ils n'étaient pas faits l'un pour l'autre, songea-t-elle en se remémorant le seul baiser qu'ils avaient échangé, à l'université. Oui, elle lui en avait voulu d'être parti au moment crucial, mais une fois la déception passée elle avait compris qu'il avait fait le bon choix. Ils n'allaient tout simplement pas ensemble, alors mieux valait ne pas essayer !

Rien n'avait changé au cours des années qui s'étaient écoulées depuis, et tout le monde au mariage saurait qu'ils n'étaient pas *vraiment* ensemble. Qu'Alex avait eu pitié d'elle et lui avait proposé d'être sa cavalière pour cet événement si particulier. Et elle ne supportait pas qu'on parle d'elle de cette façon. Alors, il fallait espérer que cet homme serait le bon !

Affichant un sourire de circonstance, elle se présenta. Son cavalier, Richard, lui rendit son sourire, et la salua d'une chaleureuse accolade. Il avait l'air charmant et, de près, ne ressemblait pas du tout à Alex. Ça pourrait marcher.

— Alors, quel est ton plan pour ce soir ? demanda-t-elle, toujours souriante.

— Es-tu déjà allée dans le London Eye ? demanda Richard, visiblement ravi de sa surprise.

Elle fit de son mieux pour dissimuler la panique qui s'emparait d'elle et lança :

— Non. Quelle bonne idée !

Richard avait acheté des billets coupe-file, et ils partageaient la cabine avec deux autres couples seulement. Une table avait été dressée au milieu, et le personnel attendait pour servir le champagne et des fraises enrobées de chocolat. C'était vraiment très romantique ! Nell s'approcha de la baie vitrée, à pas très lents, et se cramponna à la rambarde qui faisait le tour de la nacelle.

Arrête de stresser ! Tout est vitré. C'est parfaitement sûr.

Elle entendit les voix derrière elle lorsqu'un dernier couple entra dans la nacelle, mais se concentra sur Richard qui se tenait à côté d'elle. La nacelle se déplaçait lentement, très lentement vers le haut. Ce n'était pas du tout comme une grande roue, se rassura Nell. Elle ne tournait pas, n'accélérait pas... C'était villas

comme un manège pour enfants ! Cette attraction touristique était conçue pour présenter Londres dans toute sa splendeur. La nuit, les lumières de la ville étaient envoûtantes, et Nell porta son regard au-delà de la Tamise, écoutant vaguement Richard commenter le paysage. Sa gorge se serra un peu lorsqu'ils atteignirent le sommet, mais au moins cela signifiait qu'ils allaient redescendre, n'est-ce pas ?

Richard se tut soudain, devinant peut-être qu'elle ne l'écoutait pas du tout. Mais elle serait plus bavarde une fois qu'ils auraient quitté ce manège de la mort, songea-t-elle. Peut-être assez pour accepter un dîner ? Tout allait bien se passer... C'est alors que le London Eye tressaillit, trembla... avant de s'immobiliser.

Alex avait reconnu Nell au moment où il avait pris place avec sa compagne dans la nacelle du London Eye. Que faisait-elle ici, elle qui détestait les hauteurs et était sujette au vertige ? Quel idiot l'amènerait ici pour son premier rendez-vous ? Sûrement l'homme qui se tenait à côté d'elle, songea-t-il. On était samedi, le jour des rendez-vous pris sur ce maudit site de rencontre !

Quant à lui, il avait invité une amie de l'ami d'une amie. Depuis des années, Mollie essayait de lui présenter des femmes de sa connaissance, et elle avait été ravie qu'il accepte enfin son offre. Et lorsqu'il était allé chercher Eva pour la soirée, il s'était dit que, cette fois, la chance lui sourirait peut-être. Elle était blonde, belle, et ce n'était ni une droguée, ni une alcoolique, ni une voleuse, ce qui faisait d'elle la candidate idéale – du moins selon ses critères actuels, qui n'étaient certes pas très élevés.

Eva passa le bras sous le sien et l'entraîna vers la baie vitrée.

— Alors, raconte-moi un peu ce qu'on voit d'ici, demanda-t-elle avec un sourire engageant.

Il regarda le ciel noir de Londres, piqueté d'étoiles, les lumières de la ville, et repéra les principaux monuments, connus de tous les Londoniens. Puis il haussa les épaules.

— C'est la nuit. On ne voit pas grand-chose. Champagne ?

De l'autre côté de la nacelle, Nell était agrippée à la rambarde. Même de loin, Alex voyait qu'elle était très mal à l'aise.

— Mon Dieu, elle doit détester ça...

— Qui ça ? demanda Eva en levant les yeux vers lui.

En se rendant compte qu'il avait parlé tout haut, Alex sentit l'embarras le gagner. Mais il se ressaisit bien vite et fit un vague signe de tête en direction de Nell.

— C'est une... amie à moi. Elle n'aime pas les hauteurs, ni les grandes roues.

— Alors pourquoi est-elle venue ici ?

— Pour éviter d'être ma cavalière au mariage de sa sœur, répondit-il avec franchise.

Le compagnon de Nell avait cessé de parler à son oreille et fait un pas de côté. Alex se demanda s'il devait aller la saluer, lui faire savoir qu'il était là et s'assurer qu'elle allait bien, lorsque le London Eye s'arrêta net. C'était littéralement le pire cauchemar de Nell, songea-t-il. D'accord, les cabines du London Eye étaient toutes fermées, et ils buvaient du champagne en dégustant des fraises au chocolat au lieu de se balancer sur une chaise métallique branlante. Mais s'ils avaient été sur une grande roue, songea-t-il, il aurait au moins pu passer le bras autour de ses épaules pour la rassurer. Or, elle ne savait même pas qu'il était là !

— Si tu veux aller saluer ton amie, je n'y vois pas d'inconvénient, dit Eva d'un ton léger. Je suis sûre que quelqu'un d'autre pourra me parler des monuments illuminés !

C'est alors qu'il se rendit compte qu'elle observait avec intérêt le compagnon de Nell.

Eh bien, voilà qui tombait plutôt bien ! se dit-il en profitant d'un moment où Nell était seule pour s'approcher d'elle.

Elle parut à peine surprise de le voir là.

— Ça va ? demanda-t-il doucement.

— Bien sûr que ça va ! répliqua-t-elle. Pourquoi ça n'irait pas ?

Il se rendit compte que l'intensité dans sa voix n'était pas due au déni, mais à la peur. Combien de fois avait-il commis cette erreur dans le passé ? Pris l'attitude défensive de Nell pour un rejet, alors qu'il s'agissait de vulnérabilité ? Trop souvent, sans doute. Comme ce soir-là, à l'université, quand il l'avait embrassée, puis s'était laissé entraîner par ses amis...

Il était revenu, mais elle avait disparu, et il avait toujours supposé que sa froideur envers lui, après cet épisode, cachait une profonde rancune. Mais... si c'était autre chose ? Il secoua la tête pour chasser ces souvenirs importuns. Nell attendait de lui qu'il la rassure, et il avait intérêt à trouver quelque chose à dire !

— Apparemment, ça se fait de parler du paysage nocturne quand on fait un tour dans le London Eye. Tu veux que j'essaye ?

Elle eut un rire qui lui réchauffa le cœur.

— Richard s'en est chargé, merci.

Alex jeta un coup d'œil de l'autre côté de la nacelle et vit deux têtes tournées vers la ligne d'horizon.

— Et maintenant, je crois qu'il continue avec Eva, ma compagne de ce soir...

— Comme c'est romantique ! dit Nell, amusée. Encore un rendez-vous raté à inscrire dans nos annales !

— Oh ! je ne sais pas... Les choses n'ont pas l'air de se passer si mal que ça pour Richard et Eva.

— En effet !

Ils attendirent en silence que la nacelle se remette en marche, mais rien ne se produisit.

Puis Alex reprit la parole.

— Pourquoi sors-tu avec des hommes aussi ennuyeux ? demanda-t-il, anticipant déjà le regard noir qu'elle allait lui lancer.

Si elle était en colère, au moins elle n'aurait plus peur, et ce serait une amélioration.

— Je ne dirais pas cela, répondit-elle. Je préfère parler de personnes calmes, stables et rassurantes. Tout ce que ce morceau d'acier et de verre n'est pas !

Elle risqua un regard au-dehors.

— Tu n'as jamais eu envie d'un peu plus d'aventure, de folie ?

Il haussa les sourcils avec une grimace comique pour essayer de la faire rire.

Un serveur passa avec un plateau, et elle saisit une coupe de champagne qu'elle vida d'un trait. Alex s'empressa d'en prendre une à son tour.

— Tu penses à mes parents, ou à Polly et Fred, qui sont accros à l'adrénaline ?

— Par exemple. Es-tu vraiment si différente d'eux, ou cherches-tu à tout prix à te démarquer ?

— Non. Je suis très différente, et je ne partage pas leur vision de l'amour, par exemple, affirma-t-elle.

— Ah oui ? Et quelle est leur vision de l'amour, à ton avis ? demanda Alex, qui se surprit à attendre sa réponse avec impatience.

Nell haussa les épaules.

— Oh ! À leurs yeux, pour qu'il y ait de l'amour il faut des drames, des disputes, des conflits et des coups de théâtre...

— Bref, de la passion, ajouta-t-il. Mais quand on tient à quelqu'un, ne trouves-tu pas normal d'être passionné ?

Ses parents en étaient la preuve. Maintes fois sa mère était partie, mais elle était toujours revenue. Ses parents vivaient une vraie passion amoureuse, et c'était là l'essentiel.

Nell secoua la tête.

— Ce n'est pas ça, la passion. Mais certaines personnes semblent préférer le cinéma à la vraie vie.

— Comme Polly et Fred ?

Après tout, peut-être se trompait-il sur le sens du mot « passion », et peut-être ignorait-il, lui aussi, ce qu'était le véritable amour.

À la vérité, il n'en savait rien. Une ex-petite amie lui avait même dit un jour qu'il ne serait pas capable de reconnaître le véritable amour même s'il lui sautait à la gorge.

L'expression de Nell s'était adoucie lorsqu'il avait mentionné sa sœur.

— Non, Polly et Fred sont de vrais amoureux. C'est juste qu'ils ont un sens du drame un peu trop développé.

Elle fronça les sourcils un instant et reprit la parole, un léger tremblement dans la voix.

— Je suppose qu'il est possible d'avoir les deux.

— Peut-être, acquiesça Alex. Ou peut-être que toi et moi, nous ne savons rien de l'amour.

Enfin, il fut récompensé par le rire qu'il attendait. Et comme il résonnait dans la nacelle, la roue se remit enfin à bouger, ce qui déclencha un tonnerre d'applaudissements.

— Et tu le souhaiterais ? demanda Nell, de nouveau sérieuse.

— Souhaiter quoi ?

— Connaître l'amour ?

Alex n'eut pas besoin de réfléchir à sa réponse.

— N'est-ce pas le souhait de tout le monde ?

— J'imagine que oui, dit Nell d'un ton pensif.

Il se demandait seulement si l'un d'entre eux le trouverait un jour.

8

Comme ils avaient passé leur samedi soir ensemble, coincés au sommet du London Eye, le débriefing du lundi matin ne s'imposait pas. C'est pourquoi Nell et Alex furent tous les deux en avance à la réunion du personnel de début de semaine, pour une fois.

— Alors ? demanda Polly alors qu'ils prenaient place autour de la grande table, comment se sont passés vos rendez-vous du week-end ?

Nell et Alex échangèrent un regard, puis ce dernier prit la parole :

— Je peux te dire avec certitude qu'aucun de nous n'a l'intention d'y donner suite, et encore moins d'amener ces personnes au mariage.

Fred tourna vers eux un visage compatissant.

— Le mien m'a emmenée dans le London Eye, expliqua Nell, et nous y sommes restés bloqués une heure !

Polly grimaça.

— Ce n'est pas l'idéal, en effet.

Nell jeta un coup d'œil à Alex.

— Heureusement qu'Alex était là pour me rassurer !

— Ah oui ?

Polly se redressa sur le bord de son siège, appuya les coudes sur la table en les regardant tour à tour.

— Comment ça ?

Alex haussa les épaules avec désinvolture.

— Le London Eye est un classique, non ? Il se trouve que j'y étais aussi avec ma compagne du samedi soir. Et comme elle semblait plus intéressée par le cavalier de Nell que par moi, eh bien... tout s'est arrangé !

Il s'adossa à sa chaise, l'air satisfait. Mais Polly n'en avait pas terminé. Elle plissa les yeux.

— Alors ce n'était qu'une coïncidence ?

— Complètement ! assura Nell.

La dernière chose dont elle avait besoin était que sa sœur se fasse de fausses idées, s'aventure sur une mauvaise piste. Hélas ! c'est exactement ce qu'elle fit !

— Ou alors, c'est le destin...

Les lèvres de Polly se retroussèrent en un sourire amusé.

— Oui, je parie que c'est ça.

— Et moi, je parie que si je reste inscrite sur ce site débile, je ne risque pas de trouver chaussure à mon pied pour le mariage du siècle !

C'était cruel, et elle regretta ces mots au moment même où ils sortaient de sa bouche – et plus encore en voyant l'expression blessée de Polly.

Fred, qui jouait toujours le rôle de médiateur quand les conversations s'envenimaient, intervint.

— Ne t'inquiète pas, Nell, dit-il d'un ton rassurant. Je suis sûr qu'Alex et toi pourrez trouver quelqu'un pour vous accompagner aux enterrements de vie de garçon et de vie de jeune fille – et si c'est la même personne qui vient ensuite au mariage, ce serait mieux, non ? Et puis, Polly a bien précisé qu'il fallait trouver cette personne avant la fin du week-end d'enterrement de vie de garçon. Il y aura sûrement plein de gens que vous connaissez tous les deux !

— Et avec qui nous ne sommes jamais sortis ? demanda Nell, caustique, en repensant à Paul et Jemima, présents à la soirée de fiançailles.

— C'est juste une idée, dit Fred en se tournant vers Alex, mais il me semble que Caitlin sera là, et je ne suis pas sûr qu'elle ait déjà un cavalier.

Si elle se rappelait bien, Caitlin était la dernière petite amie un peu sérieuse d'Alex, songea Nell. Quatre ans auparavant, elle l'avait laissé en plan avant la cérémonie de mariage dont Alex était le témoin. Elle se souvint qu'ils avaient eu une énorme dispute dans la sacristie, avant l'échange des vœux. Une dispute dont tous les invités de l'église avaient entendu chaque mot, jusqu'à ce que l'organiste se mette à jouer à plein volume.

Visiblement, Alex s'en rappelait très bien lui aussi et, à en juger par son expression amère, n'était pas très favorable à ces retrouvailles.

Et Polly non plus.

— Fred ! riposta-t-elle. Il est hors de question qu'Alex sorte de nouveau avec Caitlin.

Nell savait que sa sœur n'avait pas oublié cet esclandre, elle non plus.

Fred jeta à sa fiancée un regard confus.

— Mais... je croyais que nous étions censés les aider à trouver quelqu'un !

— Oui, mais pas elle ! répliqua Polly d'un ton sec.

L'idée qu'Alex ne réussirait pas à trouver quelqu'un, même dans le délai très court qui leur restait, était ridicule.

— Au moins, nous savons que s'il est déjà sorti avec cette femme, c'est qu'elle lui plaisait, souligna Fred. C'est déjà quelque chose ! Et nous savons aussi qu'il ne veut pas de Nell comme cavalière !

Fred ponctua cette dernière phrase d'un petit rire, qui s'éteignit bien vite quand il remarqua que personne n'y répondait. Le silence s'installa.

Cette légère brûlure au fond de la gorge et ce picotement dans les yeux n'étaient pas causés par la frustration ni par la tristesse, se dit Nell. Il n'y avait pas de quoi pleurer, car Fred avait tout à fait raison : Alex ne voulait vraiment pas aller au mariage avec elle et, de plus, la réciproque était vraie ! Alors pourquoi se sentait-elle vide, tout à coup ? Tout allait bien, pourtant. Alex ne voulait pas d'elle maintenant, pas plus qu'il n'avait voulu d'elle lorsqu'ils étaient à l'université. Elle voulait juste trouver un cavalier pour ce mariage, et lui aussi. Peut-être que Fred avait raison, et que les enterrements de vie de jeune fille et de vie de garçon étaient leurs meilleures chances d'y parvenir. Ils devraient tous les deux rester ouverts à cette possibilité, l'encourager même. Et elle avait vraiment besoin d'oublier ce moment de complicité dans le London Eye, quand Alex était venu lui parler pour lui faire oublier son malaise. Oublier qu'il avait su instinctivement ce dont elle avait besoin. Cela ne signifiait rien, après tout !

Nell repoussa sa chaise et se dirigea vers la porte. Ils n'avaient pas vraiment parlé de travail, durant cette réunion. Elle envisagea de s'arrêter à la cuisine pour prendre un café, mais ne se sentait pas capable d'affronter les bavardages et les commérages de ses collègues. Elle se dirigea donc droit vers l'étroit escalier qui menait à son bureau et se prépara à passer la journée à s'occuper de chiffres. D'après son expérience, les chiffres étaient plus fiables, plus logiques, plus clairs que les humains. Et ses feuilles de calcul ne lui demanderaient pas pourquoi, alors qu'elle ne voulait pas aller au mariage avec Alex McLeod, elle continuait à penser à ce moment passé ensemble, dans le London Eye, ou à leur soirée à la fête foraine...

Avec un peu de chance, ses feuilles de calcul et ses chiffres pourraient même la distraire et lui faire oublier le plaisir qu'elle avait éprouvé à parler avec Alex, à être avec lui tout simplement.

Lorsque Polly et Fred lui avaient demandé s'il était possible d'organiser l'enterrement de vie de garçon et de vie de jeune fille dans sa propriété familiale, en Écosse, Alex n'avait pas pu trouver une raison de refuser. Pourtant, elles étaient nombreuses. Mais il ne voulait pas être taxé d'égoïsme, ni avoir avec ses amis une conversation qu'il n'était pas prêt à mener sur son enfance et sa relation avec ses parents. En fin de compte, il avait dit oui.

C'est pourquoi des employés de *Here & Now* se trouvaient à ce moment-là dans sa maison familiale pour préparer ce qui serait la fête de l'année.

— Ce sont des montgolfières, mon chéri ?

Sa mère se tenait à côté de lui, et tous deux regardaient par la fenêtre. Dehors, sur la grande pelouse, les préparatifs allaient bon train.

— Apparemment, oui.

Alex avait tenté de persuader ses parents de s'éclipser pendant ce week-end, en vain.

« C'est absurde, avait dit son père. Nous aimons les grandes fêtes nous aussi, n'est-ce pas, Shelly ? » Sa mère avait acquiescé, bien sûr, et Alex avait abandonné. Parce qu'il savait que ce n'était pas seulement la fête que ses parents aimaient. C'étaient le bruit, l'agitation, et les petits et grands drames qui ne manquaient jamais d'émailler ce genre d'événements qui les attiraient irrésistiblement. Cela faisait dix-huit mois que sa mère n'avait pas quitté la Maison du Donjon, comme l'avait surnommée Fred lorsqu'il était venu y passer un été, adolescent. Et il espérait que la trêve durerait encore un peu. Malgré tout, ses parents étaient toujours ensemble, après toutes ces années. C'était peut-être ça, l'amour. De la passion. Du drame. Comme dans les films.

Tiré de ses réflexions par des cris joyeux, Alex porta de nouveau le regard sur la grande pelouse et les champs au-delà, où une petite flotte de montgolfières était dispersée.

Qui était assez fou pour organiser une fête à bord de montgolfières ? Alex plaignait le pauvre DJ, qui devrait sonoriser tous ces ballons. Sans parler des pilotes qui devraient gérer tous les fêtards. Alex connaissait la plupart d'entre eux, et devinait que ce ne serait pas facile. Se rappelant soudain qu'il était le témoin, il décida d'aller prêter main-forte à l'équipe.

Il prit congé de sa mère – qui déclara qu'elle devait de toute façon aller se préparer – et sortit pour voir comment les choses se passaient.

— Ah, te voilà, toi !

Avec de grands gestes, Polly lui fit signe de venir la rejoindre.

— Je sais que nous avions dit que tu n'aurais pas grand-chose à faire en tant que témoin...

— À part nous laisser profiter de ce magnifique endroit ! acheva Fred, visiblement ravi.

Polly acquiesça d'un signe de tête, avant de poursuivre :

— Mais nous espérions bien que tu serais là... Où te cachais-tu ?

— J'étais juste allé saluer mes parents, expliqua Alex.

— Comment vont-ils ? demanda Fred, tout sourire.

— Très bien ! Ils ont l'air d'être prêts à faire une grande scène, comme d'habitude ! lança Alex avec ironie. Ne vous inquiétez pas, j'essayerai de faire en sorte que cela ne se produise pas pendant votre fête.

Polly secoua la tête.

— Ce serait bien, en effet. J'aimerais qu'elle soit plus centrée sur Fred et moi que sur tes parents et leurs... préliminaires !

Alex grimaça, mais il dut bien admettre qu'elle n'avait pas tort.

— Pourquoi ? ironisa-t-il. C'est romantique, non ?

Polly lui lança un regard acéré.

— Si c'est ta vision du romantisme, il n'est pas étonnant que tu n'aies pas encore de cavalière pour notre mariage !

Alex repensa à la discussion sur l'amour qu'il avait eue avec Nell, dans la nacelle du London Eye.

— Ta sœur m'a dit quelque chose comme ça l'autre soir...

— À propos, où est ta demoiselle d'honneur ? demanda Fred.

Polly attendait une réponse d'Alex, qui haussa les épaules.

— Pourquoi le saurais-je ?

— Il n'y a aucune raison, en effet, confirma Polly. Quoi qu'il en soit, elle m'a envoyé un message tout à l'heure. Son train avait du retard.

Fred fronça les sourcils.

— Pourquoi n'a-t-elle pas pris l'avion comme tout le monde ?

— Elle a le vertige. Et la phobie de l'avion, répondit Alex.

Comme Fred lui jetait un regard interrogateur, il dit en guise d'explication :

— Nous avons passé du temps ensemble...

Suffisamment pour qu'il soupçonne que le retard de Nell

ait plus à voir avec la crainte de monter dans une montgolfière qu'avec une défaillance de la compagnie ferroviaire.

Polly plissa légèrement les yeux.

— J'avais remarqué...

Puis elle marqua une pause avant d'ajouter :

— Dans le cadre de tes fonctions de témoin, je te confie la responsabilité de la demoiselle d'honneur pour la soirée, d'accord ? Moi, je serai trop occupée avec mes invités pour m'en charger.

Alex la regarda avec gravité.

— Parce que tu crois que c'est toi qui as géré Nell jusqu'à maintenant, peut-être ?

D'après ses observations, c'était le plus souvent l'inverse qui se produisait : Nell tempérait l'enthousiasme de Polly, la ramenait sur terre lorsqu'elle menaçait de s'envoler. Même si Fred avait assumé davantage de responsabilités au cours des années précédentes, il était impossible d'imaginer que quelqu'un puisse « se charger » de Nell. C'était une femme responsable, brillante, autonome, et elle n'avait pas besoin qu'on s'occupe d'elle.

Polly lui fit un vague signe de la main.

— Oh ! tu vois ce que je veux dire ! Assure-toi juste qu'elle ne panique pas trop à cause des ballons.

Soudain, son expression se fit plus sournoise, et elle ajouta :

— Il me semble que tu ne t'es pas trop mal débrouillé dans le London Eye, non ?

Avant qu'Alex puisse s'interroger sur ce qu'elle entendait par là, Polly avait déjà entraîné Fred vers la plus grande des montgolfières, posée au centre de la pelouse. Les autres invités, après avoir été conduits dans leurs chambres et avoir revêtu leurs plus belles robes de soirée et leurs plus beaux costumes, étaient maintenant dirigés vers les nacelles

– attirés par les coupes de champagne qui les attendaient. Alex dut admettre que le spectacle des ballons qui s'élevaient vers le ciel, prêts à s'envoler était merveilleux.

Alors que le soleil commençait à peine à descendre derrière les montagnes, le ciel se remplit de montgolfières de couleurs vives, et la musique résonna comme par magie. Polly était peut-être allée trop loin, mais elle avait prouvé que *Here & Now* était capable d'organiser un mariage grandiose. Alex prévoyait que l'année suivante, le vol en montgolfière ferait partie de leurs prestations-phares.

Comme il se tournait vers la maison, il aperçut une silhouette qui courait vers lui sur le sentier. Nell ! Sa robe de soirée la moulait comme une seconde peau, ses cheveux noirs et soyeux flottaient sur ses épaules dans la brise du début de soirée, et elle serrait autour d'elle une étole. Il remarqua la rougeur de ses joues avant de distinguer l'éclat de ses yeux, et comprit aussitôt que la soirée s'annonçait difficile pour lui. Non pas parce qu'elle était si belle. Ni à cause de l'atmosphère romantique de cette nuit d'été, ni même parce qu'elle était ici, dans son fief, mais parce qu'elle était... Nell, tout simplement. Et cela signifiait bien plus pour lui que ce qu'il avait cru jadis, et au cours des années qui avaient suivi la fin de leurs études.

Elle le rejoignit, le sourire aux lèvres, et Alex eut un coup au cœur.

— J'ai raté le voyage en ballon ? demanda Nell, feignant la déception.

— Hélas ! je ne crois pas, non, répondit Alex en lui tendant la main.

Contre toute attente, elle la prit.

— Un ballon nous attend. Allez, viens !

L'appréhension se lisait sur ses traits.

— Tu peux continuer à me tenir la main si tu as peur, dit-il.

Elle redressa aussitôt les épaules.

— Pas la peine, je n'ai pas peur ! dit-elle, même s'ils savaient tous les deux que c'était un mensonge.

D'un pas déterminé, Nell se dirigea vers le dernier ballon, mais elle ne lâcha pas sa main.

9

Nell devait reconnaître que la vue depuis la montgolfière était magnifique. Elle avait l'impression de flotter, en apesanteur dans l'air tiède et la lumière dorée du soleil couchant. Polly avait réussi à faire diffuser de la musique classique dans chaque nacelle, et la mélodie la berçait alors qu'elle regardait les collines verdoyantes, les lochs et le toit du château d'Alex. En fait, la vue, la musique et le champagne suffisaient presque à lui faire oublier son vertige, et elle ne pensait plus au pire.

En revanche, elle n'arrivait pas à faire abstraction de la gêne qui semblait s'être installée entre elle et Alex. Elle percevait le moindre de ses gestes, même s'il s'efforçait de maintenir entre eux une distance certaine – autant qu'il était possible, du moins, dans la nacelle d'une montgolfière. Elle connaissait cette sensation, et se souvenait aussi de la façon dont cela s'était terminé, la fois précédente. Pourquoi cette fois-ci serait-elle différente ?

— Comment vas-tu ?

La voix d'Alex était douce à son oreille, mais presque couverte par la musique.

— J'ai du mal à croire que tu as grandi dans un vrai

château, dit-elle. Tu nous l'as toujours dit, mais... celui-ci m'a un peu surprise. Tous ces créneaux, ces tours !

— C'est impressionnant, c'est sûr. Tu sais que Fred l'appelle : « la Maison du Donjon » ?

— Pourquoi ?

— Eh bien...

À cet instant, le ballon s'inclina légèrement sur la droite, et Nell trébucha en tentant de retrouver son équilibre. Des bras puissants l'entourèrent alors, et l'odeur épicée d'Alex lui flatta les narines. Elle déglutit avec peine et esquissa un geste pour se libérer, mais il ne la lâcha pas.

— Savais-tu que le pilote n'a pratiquement aucun contrôle sur la trajectoire de la montgolfière, ni sur l'endroit où elle atterrit ? demanda-t-elle. Je me suis renseignée sur les vols en montgolfière pendant le trajet en train.

— Bien sûr, murmura Alex.

Puis elle le vit tourner la tête vers le pilote, qui avait souri, et haussa la voix pour lancer :

— C'est vrai, n'est-ce pas ?

Le pilote acquiesça vaguement. Il n'avait pas l'air inquiet du tout.

— Il n'a plus qu'à chercher un endroit correct pour se poser, poursuivit-elle. Polly s'est arrangée pour que des voitures viennent nous récupérer où que nous atterrissions, et nous ramènent au château pour le dîner.

— Tant que nous restons sur les terres des McLeod, tout devrait bien se passer, dit Alex.

Nell se tordit le cou pour lui jeter un regard interrogateur.

— Une querelle séculaire nous oppose à nos voisins, expliqua-t-il, malicieux, avant de rire.

— Évidemment...

Il ne lui avait pas tout dit, comprit-elle.

— Comment ça, « évidemment » ?

— Les disputes et les drames font partie de ta vie.

— Pas de la tienne ?

— J'aime la tranquillité.

— Toujours ?

— En règle générale, dit-elle nonchalamment.

— Et ce moment est un moment tranquille, pour toi ?

Ses bras, toujours enroulés autour de sa taille, étaient forts et rassurants, et le corps de Nell réagissait violemment à ce contact.

Partager des instants comme ceux-ci avec un homme qu'elle avait sinon méprisé, du moins évité jusqu'à présent parce qu'il était aux antipodes de tout ce qu'elle souhaitait dans la vie était pour le moins étrange, elle devait bien l'admettre. D'autant plus qu'ils volaient dans une montgolfière privée, au-dessus de sa propriété familiale. Elle se sentait si loin de sa zone de confort qu'elle ne savait même pas comment la retrouver...

La voix d'Alex à son oreille provoquait en elle un délicieux frisson, qu'elle n'avait encore jamais ressenti avec autant d'intensité.

— Non, admit-elle, d'une voix rauque.

— Pour moi non plus.

Cette réponse la surprit suffisamment pour qu'elle se retourne dans ses bras, délaissant la vue pour se concentrer sur son visage. Là, au fond de ses yeux, elle vit quelque chose qu'elle n'avait pas prévu, et qui résonnait très fort en elle. Une connexion forte, une proximité qui n'avait rien à voir avec la chaleur familière qu'elle avait ressentie avec Paul ou ses autres ex.

C'était quelque chose de différent. Quelque chose de nouveau. Quelque chose dont elle savait que ça pourrait la consumer de l'intérieur et la changer à tout jamais. En tout cas, elle n'avait pas ressenti cela depuis le soir où elle s'était enfuie de sa chambre, à l'université. Ce sentiment inédit chasserait-il sa peur ? Ou, au contraire, ses craintes s'en trouveraient-elles renforcées ? Nell l'ignorait, mais en cet instant précis cela ne lui importait guère. Elle avait passé toute sa vie à essayer d'éviter les drames que sa mère affectionnait, les ambiances survoltées qui avaient fait de son enfance un calvaire. Elle savait que ce n'était pas la vie qu'elle voulait pour elle, ni pour les enfants qu'elle pourrait avoir un jour.

Elle ne ressemblait pas aux autres membres de sa famille, pas plus qu'aux parents d'Alex.

Mais peut-être que, pour une fois, elle pourrait se laisser aller à goûter à cette vie-là. Pour de vrai, cette fois...

— Nell...

Elle perçut la retenue, dans sa voix. Un élan le poussait vers elle, qu'il réprima. Parce que c'était de la folie - ils le savaient tous les deux. Il serait difficile de trouver deux personnes plus incompatibles qu'eux, mais ce soir-là, alors qu'elle flottait au-dessus des Highlands, Nell n'était pas sûre de s'en soucier.

— Alex...

Elle ne reconnut pas sa propre voix, une voix pleine d'audace et de passion. Une voix qu'elle se surprit à aimer, et qu'Alex devait aimer aussi, car il laissa échapper un petit gémissement lorsqu'elle prononça son prénom.

Soudain, il se pencha vers elle, et leurs lèvres se joignirent.

Sa bouche était brûlante sous la sienne, et il avait l'impression d'avoir attendu ce baiser pendant une éternité.

Comment était-ce possible, alors qu'il n'avait même pas eu conscience, jusque-là, d'avoir envie de l'embrasser ? Il avait envie d'elle, au-delà de toute raison. Et c'est peut-être la chose la plus surprenante qui lui soit arrivée de toute sa vie. Sauf que... cette situation n'était pas vraiment nouvelle. Jadis, il y a fort longtemps, il l'avait désirée, mais il gardait de cet épisode le goût amer de l'inachevé. Et il en était entièrement responsable.

Il recula d'un pas et plongea les yeux dans ceux de Nell, comme pour s'assurer qu'elle était bien là, avec lui. Pour voir son sourire...

Il fut pleinement rassuré quand elle leva vers lui un visage bouleversé.

— Tu sais, c'est à ce moment-là que tu me laisses tomber, habituellement, murmura-t-elle. D'un instant à l'autre, Fred va venir te chercher, et tu vas te précipiter avant que tes copains voient que tu es en train de m'embrasser...

Il sentit sa gorge se nouer. Il n'était pas le seul à se remémorer le passé...

— Ce n'est pas tout à fait ça... Ils avaient vraiment besoin de moi, ce soir-là, tu sais.

Il ne pouvait pas nier les faits, parce qu'ils s'étaient en effet déroulés comme elle le disait. Oui, ses amis avaient eu besoin de son aide, mais ce n'était pas pour cela qu'il était parti. Il s'était enfui, car il avait été effrayé par ce qui s'était produit en lui lorsqu'il avait embrassé la fille la plus improbable de toutes. Il avait eu besoin de temps pour comprendre, c'est tout. Mais ensuite...

— Quand je suis revenu, tu étais partie, dit-il.

Elle haussa les épaules.

— Entre-temps, je m'étais rendu compte que ce n'était pas une bonne idée...

C'est ainsi qu'elle l'avait ignoré pendant le reste du trimestre, évitant toute occasion de se retrouver seule avec lui, tout dialogue.

Alex l'étudia avec attention. En lisant dans ses yeux la défiance qu'il avait déjà perçue dans la nacelle du London Eye, il comprit la vérité. De son côté, elle n'essaya pas de cacher sa vulnérabilité.

Il déglutit avec peine. Combien d'années avait-il fallu pour qu'enfin cette conversation puisse avoir lieu ? Il y avait eu quelque chose entre eux à l'époque, quelque chose de réel, d'intense, et ils avaient eu tous les deux trop peur d'aller plus loin. S'agissait-il d'une simple attirance physique, d'une amitié ? À l'époque, ni elle ni lui n'avait voulu s'interroger. Aurait-il plus de courage maintenant ?

— As-tu peur en ce moment ? demanda-t-il.

— Je suis terrifiée.

— Moi aussi.

Il resserra les bras autour de sa taille. Lorsqu'elle l'embrassa à nouveau, il sentit s'évanouir enfin toute la tension accumulée en elle. Il approfondit leur baiser, glissa les mains dans ses cheveux, savourant la douceur de ses courbes contre son corps. Le destin leur accordait-il une seconde chance et, si oui, fallait-il la saisir ?

Soudain, Nell rompit leur baiser, et quand Alex se retourna, il vit que le pilote essayait maladroitement de cacher son sourire amusé.

Il toussota.

— Je voulais juste vous dire que nous allions atterrir, les prévint-il.

Quand Nell blottit la tête contre sa poitrine, il eut la vague impression qu'elle souriait, elle aussi.

— Bravo Nell ! Tu as réussi !

Au son de la voix de Polly, Nell s'écarta vivement de lui, et il ne put s'empêcher d'éprouver un sentiment d'abandon. Quelqu'un avait apporté un marchepied pour qu'ils puissent quitter la nacelle, et Nell sortit avant même qu'il ait pu échanger un seul mot avec elle. Le pilote lui jeta un regard compatissant lorsqu'il commença à trottiner derrière elle pour tenter de la suivre.

Nell jeta un coup d'œil par-dessus son épaule, et leurs regards se croisèrent un instant, puis elle rejoignit sa sœur et son fiancé. Mais dans ce regard, Alex avait eu le temps de lire tout ce qu'elle n'avait pas pu exprimer.

Elle ne voulait pas de drame. Il le savait. Et puis, ce n'était qu'un baiser, après tout, et il n'y avait pas de quoi en faire toute une histoire – surtout pas ce soir-là, à la fête de fiançailles de Polly et Fred. Et probablement pas non plus d'ici au mariage. Il commençait à bien connaître Nell, et si une relation devait se nouer entre eux, elle voudrait garder le contrôle et imposer ses règles. Or, la dernière chose qu'il voulait faire était l'effrayer ou lui rappeler toutes les raisons pour lesquelles s'engager était une idée folle. Tant qu'elle ne le fuyait pas, il s'accommoderait de tout. Il la suivit donc jusqu'à la maison de ses parents, et espéra qu'ils pourraient garder la tête froide ce soir-là. Dans ce cas, il pourrait peut-être embrasser Nell Andrews à nouveau. Et honnêtement, à ce moment-là, c'était la seule chose qui lui importait.

Nell s'éloigna précipitamment de la montgolfière, le cœur battant. Elle aurait aimé mettre ça sur le compte de son vertige, mais elle savait qu'il s'agissait d'autre chose. Pendant toutes ces années, elle s'était raconté qu'il l'avait fuie, jadis, après leur baiser brûlant. Mais, dans le fond, elle savait que c'était elle qui s'était dérobée, elle qui avait laissé sa peur la dominer. Il avait essayé de lui parler, par la suite, de retrouver l'intimité qu'ils avaient partagée durant cette semaine-là, et elle l'avait repoussé. Mais dans la montgolfière, elle n'avait eu aucune envie de le repousser, bien au contraire...

Pourtant, imaginer qu'elle pourrait avoir une relation avec Alex était tout aussi ridicule maintenant qu'à l'époque où ils étaient étudiants. Ils n'étaient pas faits l'un pour l'autre et ne l'avaient jamais été.

— Nell ? Tu vas bien ?

Polly passa un bras autour de sa taille et l'entraîna vers le château des parents d'Alex.

— Je suis désolée, je sais que tu as le vertige, mais j'ai toujours voulu faire un tour en montgolfière au coucher du soleil, alors...

— Ne t'inquiète pas, répondit-elle pour rassurer sa sœur. Si je n'avais vraiment pas voulu voler, je me serais arrangée pour arriver très en retard. Et puis, Alex m'a tenu compagnie !

Polly les regarda tous deux d'un air soupçonneux, mais ils réussirent à afficher une expression innocente. Pas question de dire ce qui s'était vraiment passé dans cette nacelle...

En jetant un rapide coup d'œil à Alex une fois que Polly eut tourné la tête, elle surprit son sourire, et l'étincelle qui brillait dans ses yeux. Polly se mit à parler des invités, du dîner tardif qui les attendait. Nell écoutait d'une oreille, mais son cerveau restait concentré sur autre chose : Alex et elle étaient incompatibles, c'était indéniable.

Certes, mais... ni l'un ni l'autre ne cherchait une relation durable, n'est-ce pas ? Ils avaient besoin de quelqu'un pour les accompagner au mariage, c'était tout. Ou peut-être pas tout à fait. Peut-être aussi cherchait-elle quelqu'un pour lui rappeler qu'elle était désirable, ou pour se distraire un peu après sa rupture avec Paul. Peut-être aussi avaient-ils tous les deux besoin d'exorciser les fantômes de leur passé, de tourner la page. Inutile d'aller chercher plus loin, ni d'en faire un drame.

Serait-ce si grave de s'accorder une aventure ? De commencer une histoire dont ils ignoraient où elle les mènerait ? Ce n'est pas le genre de chose qu'elle avait l'habitude de faire, se dit-elle, mais après tout elle restait libre d'en décider. Juste pour cette fois, elle pourrait faire une entorse sans en parler à quiconque. Ensuite, il serait toujours temps de se remettre en quête de ce qu'elle voulait vraiment dans la vie : la stabilité, la sécurité, un avenir tout tracé... Une fois qu'elle se serait débarrassée d'Alex McLeod.

— Prête pour le dîner ? lança Polly.

— Plus que prête ! répondit Nell.

Il lui avait fallu des années pour accepter les erreurs du passé, mais elle était enfin prête à céder à l'attirance qu'Alex et elle éprouvaient l'un pour l'autre depuis tout ce temps.

Ensuite, elle pourrait aller de l'avant.

10

Alex avait déjà décidé de laisser un peu d'espace à Nell avant de lui parler du baiser. Il savait comment elle se comportait lorsqu'elle était acculée, et n'allait pas commettre l'erreur de l'effrayer à nouveau. À cette fin, il s'était jeté dans les préparatifs du mariage. Les invités conviés aux enterrements de vie de jeune fille et de vie de garçon étaient triés sur le volet, ce qu'Alex approuvait totalement. Jemima et Paul n'avaient pas été retenus, ce qui était un problème en moins à gérer. Parmi ses ex-petites amies, seules trois connaissaient Polly. Teyla, qu'il avait fréquentée à l'université et qui était maintenant mariée à un banquier d'affaires, et avec qui il était en contact de loin en loin. Caitlin, qu'il évitait complètement, ce qui valait mieux pour tout le monde, quoi qu'en pense Fred. Et Ursula, que Polly avait eu la mauvaise idée de placer à côté de lui pour ce dîner...

Une fois le dessert servi, celle-ci lui lança :

— Tu te souviens de la dernière fois que nous sommes venus ici ensemble ?

Comme il ne répondait pas, perdu dans ses pensées, elle insista et le poussa du coude.

— Alex ? Tu t'en souviens ?

Il cligna des yeux et essaya de se remémorer la situation.

— Oui. Je t'ai présentée à mes parents.

Il pensait leur présenter la femme qu'il allait épouser. Il avait prévu de demander la bague de sa grand-mère le lendemain. Mais c'était aussi le soir où ses parents avaient invité leurs amis, les Hunter, à dîner – ainsi que leur fils Patrick, qui était justement allé à l'université avec Ursula. Une chose en entraînant une autre...

« Tu ne pensais pas vraiment que j'allais t'épouser, n'est-ce pas, Alex ? Oh ! mon pauvre ami... »

Ses parents n'avaient pas été surpris quand Ursula était repartie à la fin du week-end avec... Patrick.

« Les hasards de la passion », avait dit son père ; « Le jeu de l'amour... », avait ajouté sa mère. Pour eux, les chagrins d'amour, les déceptions, faisaient partie de la vie, et c'est ainsi qu'il voyait les choses depuis lors.

Maintenant, c'est plutôt lui qui avait tendance à partir sans explication. Il jouait le jeu comme tout le monde, prenant le bon et laissant le mauvais quand c'était possible. Et s'il se demandait parfois comment Fred et Polly parvenaient à supporter, il ne l'avait jamais avoué à personne, sauf à Nell, peut-être.

Ce qu'il n'avait pas compris jadis avec Ursula, et qu'il n'était toujours pas sûr de comprendre maintenant, c'était la raison de son départ. Qu'avait-il fait pour mériter ça ? Il la regarda, blonde et souriante. Pour elle, la vie et l'amour n'étaient qu'un jeu.

Nell était assise à l'autre extrémité de la table. Ses cheveux, tel un rideau de satin noir, lui cachaient la moitié du visage, mais il voyait qu'elle ne s'amusait pas du tout. Il aurait aimé être assis près elle, plutôt que d'être coincé ici à ressasser son passé. Mais puisqu'il ne pouvait pas faire autrement, pourquoi ne pas en profiter pour poser la question qui le hantait depuis tout ce temps ?

— Je me souviens de ce que tu m'as dit ce week-end-là... Tu m'as demandé si j'avais vraiment cru que tu allais m'épouser, n'est-ce pas ?

Ursula eut l'élégance de paraître légèrement embarrassée par cette question.

— Ah oui ?

— Oui. Et je me suis toujours demandé... Pourquoi pas ? Je pensais que nous étions heureux ensemble. Pourquoi étais-tu si certaine que nous ne pourrions pas être heureux pour toujours ?

— Parce que tu ne m'aimais pas, Alex, répondit-elle sans ambages. Et j'avais trop de respect pour moi-même pour envisager d'épouser un homme qui ne m'aimait pas.

Elle secoua la tête et lui adressa un sourire compatissant.

— Non, tu ne m'aimais pas. Peut-être que tu l'as cru, parce que tu as grandi ici, avec tes parents, et que tu ne connaissais de l'amour que ce qu'ils t'en montraient. Et c'est peut-être ce que tu recherchais. Mais ce n'était pas de l'amour, et ce n'était pas ce que je voulais, en tout cas.

Alex s'adossa à son fauteuil pour mieux assimiler ces paroles. Il n'avait pas aimé Ursula, mais il *avait voulu* l'aimer. Il avait cru que leurs disputes et leurs réconciliations incessantes étaient la preuve de leur passion mutuelle, de l'importance qu'ils s'accordaient l'un à l'autre. Or, c'était précisément le contraire : le signe de leur incompatibilité. De l'autre côté de la table, il regarda ses parents se lancer des regards furtifs tout en se chamaillant sans faire de bruit. Bientôt, il le savait, ils ne seraient plus aussi silencieux. Le ton allait monter, et toute l'assistance connaîtrait les détails de leur désaccord. À partir de là, le scénario habituel se déroulerait...

Pour la première fois, Alex les regarda et se demanda si, finalement, chacun d'eux n'aurait pas pu être plus heureux avec quelqu'un d'autre. Puis il perçut le sourire de sa mère lorsqu'elle se leva, théâtrale, et comprit qu'il se trompait. Ils aimaient le drame, et se donner en spectacle les excitait au plus haut point. Pour eux, c'était ça, l'amour. Mais peut-être y avait-il une autre sorte d'amour pour lui. Ce n'était certainement pas l'idée que Nell s'en faisait, en tout cas. Il aimait la passion, l'aventure, mais peut-être pouvait-il avoir les avantages sans les inconvénients.

— J'ai vraiment l'impression d'avoir bouleversé ton univers, ce soir, dit Ursula. Bien plus que je ne l'ai jamais fait lorsque nous étions ensemble. Qu'est-ce qui te passe par la tête ?

Il détourna le regard de ses parents pour reporter son attention sur elle, mais ses yeux tombèrent sur Nell, dont les épaules voûtées lui indiquaient qu'elle détestait chaque minute de ce dîner.

Il avait assez attendu.

— Excuse-moi, mais je pense que je vais zapper les réjouissances d'après-dîner.

Repoussant sa chaise, il se leva et alla rejoindre Nell.

Alex n'avait pas l'air de s'amuser autant que d'habitude, constata Nell en l'observant. Pourtant, il était du genre sociable, et appréciait généralement l'ambiance des soirées. Lorsqu'ils étaient étudiants, ils étaient souvent invités à des fêtes. Ou plutôt, Polly et Fred l'étaient, et ils entraînaient Nell, mais Alex était de la partie lui aussi parce qu'il connaissait tout le monde. Et il était toujours facile à repérer dans la foule, avec ses cheveux roux, sa grande taille et ses yeux bleus perçants…

En tournant la tête dans sa direction, elle le vit repousser sa chaise et s'approcher d'elle à grandes enjambées. Son cœur se mit à battre follement dans sa poitrine, à tel point qu'elle avait l'impression que tout le monde pouvait l'entendre. Savaient-ils tous qu'elle avait embrassé Alex McLeod dans une montgolfière ? Non, car si Polly l'avait su, elle ne l'aurait pas quittée de la soirée, avide de connaître tous les détails. Personne n'était au courant, sauf elle et Alex. C'était leur petit secret. Lorsqu'elle releva la tête, il lui adressa son plus beau sourire, qui semblait n'être que pour elle. Un sourire plein de promesses. Oh ! elle ne se faisait pas d'illusions sur ce qu'il y avait entre eux ! Et elle s'assurerait qu'il le sache aussi : elle ne s'attendait pas qu'il change, ou qu'il veuille construire une relation durable avec elle. Ils étaient très différents l'un de l'autre, mais peut-être que s'ils arrivaient à dépasser cela, ils pourraient laisser libre cours à la passion que ce baiser avait réveillée entre eux.

— Tu t'ennuies avec tes compagnons de table ? demanda-t-elle quand Alex se laissa tomber sur la chaise vide, à côté d'elle.

Nell ne savait même pas où son voisin avait disparu. Elle ne lui avait pas prêté attention pendant tout le repas, trop occupée à regarder Alex. Elle espérait seulement que ce n'était pas quelqu'un avec qui Polly avait espéré la caser, car elle risquait alors de le payer cher…

— Polly et Fred m'ont mis à côté d'une ex, répondit Alex. Celle que je pensais épouser jusqu'à ce qu'elle parte avec le fils d'amis de mes parents.

Nell grimaça.

— Ce n'est pas l'idéal, en effet.

— Non, mais ce n'était peut-être pas le pire non plus.

Un frisson la parcourut. Avait-elle complètement mal interprété ses expressions et son langage corporel, alors qu'il était assis à l'autre bout de la table ? S'était-il vraiment approché d'elle pour lui dire qu'il venait de renouer avec son ex ? C'était possible, et pourtant elle n'arrivait pas à y croire une seule seconde.

— Comment ça ?

— Je n'avais jamais vraiment eu l'occasion de lui demander ce qui n'avait pas marché entre nous.

Nell ne put s'empêcher d'exprimer sa surprise.

— Et tu lui as demandé ? Ce soir ?

Il n'y avait vraiment que lui pour revenir sur une relation passée lors de la fête de fiançailles de ses meilleurs amis !

Il lui adressa un sourire complice.

— Détends-toi. Tout s'est déroulé dans le calme, et je te promets de ne pas en dire un mot aux futurs mariés ce soir.

Soulagée, Nell hocha la tête pour l'inviter à poursuivre. Comme il restait muet, elle insista.

— Alors, elle te l'a dit ? Tu n'es pas obligé de me répondre, mais...

Avec un sourire songeur, Alex se renversa sur sa chaise, les mains jointes derrière la tête.

— Je ne sais pas trop. Elle m'a dit... que j'avais sans doute cru que j'étais amoureux d'elle, mais qu'en réalité je ne l'avais jamais vraiment aimée, pas de la façon dont elle méritait d'être aimée, en tout cas.

— Et elle avait raison ? demanda Nell.

Il posa sur elle un regard mélancolique.

— Probablement. À l'époque, je confondais l'amour avec la passion. Mais maintenant...

Son regard dériva et, en le suivant, Nell se rendit compte qu'il fixait Polly et Fred.

— Peut-être que j'ai une meilleure idée de ce à quoi l'amour doit ressembler, aujourd'hui.

Elle savait ce qu'il ressentait. Polly et Fred, malgré leurs chamailleries, formaient un couple solide, fondé sur un amour profond et le respect de l'autre. Nell n'était pas sûre que tout le monde ait la chance de trouver cela. Et elle n'était pas sûre non plus de vouloir prendre des risques.

— C'est difficile de t'imaginer marié, dit-elle d'un ton léger. Je veux dire, je n'aurais pas pensé que cela faisait partie de tes projets. Une femme ne ferait qu'empiéter sur ta liberté, tu ne crois pas ?

— Sauf si je partageais cette liberté avec elle, répliqua-t-il.

Elle se demanda s'il pensait, comme elle, qu'elle ne pourrait jamais être cette femme-là. Elle ne l'était pas et ne voulait pas l'être.

— Tout à l'heure, dans la montgolfière...

— Nous nous sommes embrassés, acheva Nell.

Il lui jeta un regard complice.

— Non, c'est toi qui m'as embrassé.

— Un gentleman ne dirait jamais une chose pareille ! protesta-t-elle, feignant d'être offensée.

— Personne ne m'a jamais qualifié de gentleman, ça tombe bien !

— C'est vrai.

Elle se pencha vers lui.

— Donc, nous nous sommes embrassés. Et alors ?

— Eh bien, je me demandais si c'était le genre d'expérience que tu aimerais... réitérer, dit Alex.

Troublée, elle baissa la tête, tandis qu'il murmurait à son oreille :

— Nell Andrews, je te demande si je peux enfin t'emmener dans mon lit ce soir, et te faire crier de plaisir.

Il se redressa.

— Est-ce que cela pourrait t'intéresser ?

Elle avait l'impression qu'un incendie venait de se déclencher en elle et gagnait tout son corps. Elle jeta un coup d'œil vers le bout de la table, où Fred et Polly étaient assis, et remarqua que sa sœur les regardait curieusement. Non. La dernière chose qu'elle voulait, c'était que Polly ait vent de quoi que ce soit, et s'imagine qu'elle et Alex...

Si elle n'y prenait garde, Polly aurait organisé un double mariage avant qu'ils arrivent aux Seychelles !

Sans un mot, Nell recula sa chaise, et Alex fit de même.

— Je suppose que c'est non, dit-il.

Après un bref regard à sa sœur, qui était heureusement en pleine conversation avec un invité, Polly planta les yeux dans ceux d'Alex.

— C'est un oui, mais à la condition d'être vraiment discrets, si tu vois ce que je veux dire.

— Je le vois très bien...

11

Il lui fallut un peu d'ingéniosité et beaucoup de patience pour éviter Polly pendant le reste de la soirée. Mais, comme Alex l'avait prévu, Nell avait fixé ses conditions : elle ne voulait pas que Polly ou qui que ce soit d'autre sache ce qui se passait entre eux, et il devait respecter cela.

Alors, avec un sourire et un clin d'œil, il s'éloigna de Nell jusqu'à la fin du repas, avec l'intention d'attendre que le café ait été servi et les discours d'usage prononcés. Il pensait que Polly et Fred le testeraient pour savoir ce qu'il dirait lorsqu'il porterait un toast, alors il raconta quelques anecdotes croustillantes de leur jeunesse, fort appréciées par l'assemblée. Nell, remarqua-t-il, rougit beaucoup et ne quitta pas le plafond des yeux pendant son intervention.

Après le dîner, il était prévu que les invités se rendent dans la salle de bal où un DJ les attendait. Il remarqua que ses parents étaient restés pour le dessert, et semblaient profiter de la soirée. Avec un peu de chance, ils s'abstiendraient de faire une scène jusqu'au lendemain. Tant qu'ils ne ruinaient pas ses projets pour ce soir-là, il s'en fichait !

Hélas ! la soirée s'éternisait, et Alex avait beau tenter de s'amuser, il ne pensait qu'à l'après... Il avait veillé jusque-là à se tenir loin de Nell, de crainte qu'on devine ses intentions

– comme si ses pensées se lisaient sur son visage ! Mais il était à bout de patience, et il lui fallait agir, maintenant !

D'un pas nonchalant, il traversa la salle et, en passant devant Nell, murmura à son oreille :

— Reste encore dix minutes, puis dis à ta sœur que tu vas te coucher, d'accord ?

— Tu crois qu'elle me laissera faire ? demanda Nell à voix basse.

Alex haussa les épaules.

— Tu n'as pas manqué à ton devoir, ce soir, alors je pense qu'elle t'épargnera le bal...

— Et toi, qu'est-ce que tu vas faire ?

— Oh ! Je vais me trouver un alibi, répondit-il en se dirigeant vers le bar à cocktails, où se tenaient quelques anciens camarades d'université.

Il attendit que Nell soit partie se coucher et que Polly soit en train de danser avec Fred pour annoncer qu'il était temps de trinquer.

— Comme au bon vieux temps ! lança-t-il à la cantonade, avant d'aller chercher des plateaux dans une armoire et d'y poser des verres qu'il remplit un à un.

Quelques bouteilles de tequila vidées plus tard, il les distribuait à tous ceux qui étaient encore là. Même Polly et Fred se joignirent aux fêtards, amusés par ce voyage dans le temps improvisé.

— Sacré Alex ! Toujours le même ! lançaient ses amis alors qu'il passait parmi eux avec son plateau.

Il essaya d'ignorer le fait que ces mots le blessaient. N'avait-il pas grandi, changé ? Peut-être pas, après tout. Nell ne le pensait pas, en tout cas.

Quand plus personne ne fit attention à lui, il s'éclipsa pour aller la retrouver. Il connaissait le château mieux que quiconque et n'eut aucune difficulté à sortir sans être vu, par une porte dérobée que le personnel empruntait pour gagner les cuisines. De là, il emprunta l'escalier de service jusqu'au premier étage, où étaient logés les invités. Il se faufila sur le palier, jusqu'à la chambre de Nell qui se trouvait – et c'était un pur hasard – être contiguë à son ancienne chambre d'enfant, dont elle était séparée par une porte communicante.

Alex se glissa dans sa chambre et frappa doucement à la porte. Nell l'ouvrit à la volée et dit en fronçant les sourcils :

— Qu'est-ce que tu as fait ?

Il cligna des yeux sans comprendre.

— Que veux-tu dire ?

— Tu as dit que tu allais te trouver un alibi. Alors, qu'est-ce que tu as fait ? Si tu as gâché la fête de fiançailles de ma sœur juste pour...

D'une main posée sur son épaule, Alex l'interrompit et dit dans un sourire :

— Même si je suis capable de beaucoup de choses pour coucher avec toi ce soir, ma chérie, je ne prendrais pas le risque de gâcher quoi que ce soit, crois-moi...

La tension de ses épaules se dissipa, et il la sentit se détendre sous ses doigts. Cette femme avait besoin d'un bon massage... au moins.

— Alors, qu'as-tu fait ? demanda-t-elle à nouveau, plus curieuse qu'accusatrice, cette fois.

— J'ai servi de la tequila à tout le monde, expliqua-t-il. Tout le monde m'a vu faire la fête, et personne n'a remarqué que j'avais disparu plus tôt que prévu. Et si c'est le cas, ils penseront simplement que je suis parti cuver ma tequila quelque part...

La bouche de Nell se retroussa en un sourire coquin. Il

s'approcha d'elle et vit sa poitrine se soulever au rythme de sa respiration, de plus en plus rapide. Cette femme lui faisait un effet incroyable, et c'était un plaisir de voir que c'était réciproque.

Nell s'éloigna de quelques pas et fixa Alex. Ce soir-là, les événements s'étaient enchaînés de la manière la plus étrange, et elle avait du mal à croire qu'elle se retrouvait dans ce château écossais, dans la même chambre d'Alex McLeod, alors qu'elle était censée fêter les fiançailles de sa sœur ! Et le plus étrange, c'était qu'elle sentit une folle impatience la gagner. Elle ne pouvait plus attendre un instant de plus !

Quand elle tira sur la fermeture Éclair de sa robe de bal, qui tomba au sol avec un bruissement, elle vit les yeux d'Alex s'écarquiller.

— Tu es si belle…, dit-il d'une voix rauque.

Nell sentit la chaleur monter à ses joues. L'instant d'après, il la prenait dans ses bras et… tout le reste s'évanouit. Au moment où les lèvres d'Alex touchèrent les siennes, elle oublia tout.

— Mon Dieu ! j'ai attendu ce moment toute la soirée ! dit-il en posant le front contre le sien. Tu étais magnifique dans ta robe de bal, mais je te préfère sans…

Elle sourit contre sa bouche, tandis qu'il glissait la main dans son dos pour la débarrasser de son soutien-gorge. Quand il recula d'un pas, elle se demanda s'il avait perçu les battements effrénés de son cœur.

Elle ne portait plus qu'un string zébré et des escarpins à talons aiguilles, mais elle réalisa qu'Alex était encore habillé, son nœud papillon pendant autour de son cou. Au lieu de se sentir vulnérable, elle éprouvait un sentiment de puissance, de plénitude. Elle lui tendit la main, et n'eut pas besoin de lui dire quoi faire.

Faire l'amour avec Nell Andrews ne ressemblait à rien de ce qu'il avait pu imaginer. Non qu'il ait passé beaucoup de temps à l'imaginer au cours des années, depuis qu'elle l'avait abandonné – ou, plutôt, qu'il l'avait abandonnée. Mais il avait toujours pensé qu'elle était du genre timide.

Mais ce soir-là, il avait su dès qu'il l'avait embrassée dans la montgolfière que les choses seraient différentes, cette fois-ci. Il avait senti la passion qui l'habitait, et pressenti que leur union serait explosive. Mais il ne s'était pas attendu à cela et, à cet instant-là, il avait l'impression d'être un adolescent maladroit. Il avait une certaine expérience, pourtant, mais à partir du moment où elle avait laissé tomber sa robe de bal, révélant sa lingerie, Alex ne s'était plus senti en contrôle du tout. En fait, il ne s'était jamais senti aussi démuni.

— Tu es beaucoup trop habillé…, susurra-t-elle en attrapant sa chemise.

Comment avait-il pu ne jamais se rendre compte qu'elle était d'une incroyable sensualité ? Ils se connaissaient depuis dix ans, et pendant tout ce temps elle s'était cachée derrière les règles ennuyeuses qu'elle s'imposait à elle-même, offrant l'image d'une personne stricte et coincée. Il aurait dû le savoir. Il aurait dû s'en rendre compte la première fois qu'il l'avait embrassée, à l'université. Mais maintenant il le savait, et n'allait pas perdre une seconde de plus.

Ensemble, ils arrachèrent fiévreusement ses vêtements, puis basculèrent sur le lit, éperdus de désir.

— Je veux embrasser chaque centimètre de ta peau

avant le lever du soleil, plusieurs fois, murmura-t-il, ému aux larmes.

Elle sourit.

— Alors tu ferais mieux de commencer maintenant...

Il fit courir une pluie de baisers sur sa gorge, ses seins, où il s'attarda, provoquant en elle un délicieux soupir.

Puis il descendit plus bas, mordilla la peau douce de son ventre.

— Alex...

— Patience...

Il ne voulait pas se précipiter, mais son désir était si fort qu'il ne pouvait plus attendre. Glissant la langue au creux de sa féminité, il lui prodigua la plus douce, la plus intime des caresses. Dieu que c'était bon !

Quand elle commença à haleter, à le supplier de la prendre, il ne se le fit pas dire deux fois et, d'un puissant coup de reins, la pénétra profondément.

Bouche contre bouche, cœur contre cœur, ils entamèrent alors la danse immémoriale des amants, se donnant l'un à l'autre sans retenue, jusqu'à ce qu'ils jouissent dans un même cri, ivres de plaisir.

12

Nell se laissa tomber à côté de lui et reprit lentement son souffle. Comblée, heureuse, elle le regarda.

— Tu souris, murmura-t-il en effleurant sa joue du doigt.

— C'était merveilleux...

Il passa un bras autour de sa taille, et ils savourèrent un moment ce silence parfait. Mais alors qu'elle le croyait sur le point de sombrer dans le sommeil, il demanda :

— Tu réfléchis toujours autant après l'amour ?

Ses lèvres esquissèrent un sourire.

— Je réfléchis tout le temps, admit-elle. C'est juste que... tu ne l'avais jamais remarqué.

Attendri, il déposa un doux baiser sur son épaule, puis se redressa dans le lit.

— Si tu as besoin d'aller dans la salle de bains, vas-y, dit-il. Ensuite, nous parlerons de tout ce qui te préoccupe.

Elle ne discuta pas, car elle avait besoin de se retrouver seule. Ce ne fut qu'une fois enfermée dans la salle de bains qu'elle prit réellement conscience de ce qui venait de se passer. Elle avait couché avec Alex McLeod, et cela avait été incroyable ! À sa grande surprise, elle ne regrettait rien, pas un seul geste, pas un seul mot... En revanche, elle pensait à ce qui allait suivre, et c'est de cela qu'elle devait parler à

Alex. Elle prit un moment pour sourire à son reflet dans le miroir, et une Nell qu'elle avait du mal à reconnaître lui sourit en retour. Puis elle retourna auprès d'Alex. Plus vite ils parleraient, plus vite elle serait rassurée.

Alex retourna dans sa chambre pendant que Nell était dans la salle de bains, laissant la porte communicante ouverte. Il enfila un jogging confortable – les nuits étaient fraîches dans la maison – et s'installa sur le canapé. Quand il entendit frapper à la porte qui donnait sur le couloir, il hésita à aller ouvrir. Qui pouvait bien venir le déranger à une heure pareille ?

Pressé de renvoyer l'importun, il alla ouvrir et se trouva nez à nez avec Fred. Il avait les yeux un peu vitreux, sans doute à cause de l'alcool, et Alex espéra qu'il ne remarquerait pas que la porte communicante était ouverte.

— Te voilà, toi !

Fred lui tapa sur l'épaule avec un large sourire.

— Tout le monde se demandait où tu étais passé ! Polly pensait que tu avais peut-être filé avec une femme, mais je penchais plutôt pour la tequila – tu te souviens de cette soirée, au Mexique ? La tequila et toi n'avez jamais fait bon ménage...

Alex se força à sourire.

— Oui, c'est vrai. Vous vous êtes bien amusés, avec Polly ?

— Bien sûr ! C'était une super fête.

Fred jeta un coup d'œil de part et d'autre du couloir, puis baissa la voix.

— Mais tu devrais peut-être aller voir tes parents demain matin. La dernière fois que j'ai vu ta mère, elle était en grande conversation avec Calvin Brooks...

Alex grimaça. Calvin, une lointaine connaissance de Polly, devait avoir quinze ans de moins que sa mère, et cela ne lui disait rien de bon.

— Je m'en occuperai demain, promit-il. Pour l'instant, je veux juste...

Il fit un geste éloquent en direction de son lit.

— Oui, bien sûr. Et moi, je ferais mieux de trouver ma chambre. Polly m'attend !

Une fois Fred parti, Alex appuya la tête contre le mur, puis alla frapper à la porte communicante ; Nell apparut aussitôt.

Elle se mordit la lèvre inférieure, puis demanda :

— Fred est venu te chercher ?

— Oui. Il croyait que j'avais abusé de la tequila et que j'étais venu m'allonger. Ma réputation de fêtard me colle à la peau !

Nell s'assit sur le bord de son lit, et Alex balaya la pièce du regard.

— Tu sais, c'était la chambre de ma nounou, autrefois.

Elle eut un rire surpris.

— Si cela peut te mettre à l'aise, dit-il en s'approchant d'elle, je n'ai jamais pensé à ma nounou comme je pense à toi...

— Et comment penses-tu à moi ?

— Je n'ai pas été assez clair tout à l'heure ? Parce que si tu veux, je peux te le montrer encore... enfin, si tu me laisses un peu de temps pour récupérer !

— Ce n'est pas ce que je veux dire.

Posant les mains sur ses genoux, elle prit une profonde inspiration, et Alex eut l'impression qu'elle avait répété ce qu'elle s'apprêtait à dire devant le miroir, dans la salle de bains. C'était sans doute important, et il devait y prêter attention, ce qui n'était pas facile, car ses jolis seins bougeaient sous son T-shirt...

— J'ai passé un bon moment avec toi ce soir, dit-elle. Je n'aurais jamais pensé, nous connaissant tous les deux, que nous pourrions nous entendre aussi bien, physiquement. Mais je crois que c'est le cas.

Elle se tourna vers lui comme pour obtenir une confirmation, et il hocha vivement la tête.

— Oui, je le crois aussi, répondit-il. Mais je comprends ce que tu veux dire. Je n'aurais pas cru, moi non plus, qu'il y aurait une telle alchimie entre nous.

— Alors la question que je me pose, c'est... qu'est-ce qui va se passer maintenant ?

Elle le regarda, les yeux écarquillés, sa jolie bouche rose encore gonflée par ses baisers. Heureusement que Fred ne l'avait pas vue, sinon il aurait compris aussitôt !

— Ce que je veux dire, c'est que nous nous entendons très bien au lit, mais cela ne veut pas dire qu'en dehors c'est la même chose...

Ces paroles le heurtèrent de plein fouet. Certes, cela ne l'étonnait pas, d'autant qu'il avait déjà évoqué ce sujet quelques heures plus tôt, avec Ursula. Même s'il désirait Nell physiquement, ils n'avaient pas forcément les mêmes aspirations, tous les deux. Il ne pourrait jamais lui offrir l'existence tranquille qu'elle souhaitait. Quant à elle, elle n'était pas tentée par une vie d'aventure. Mais peut-être n'était-ce pas si grave, après tout...

— Peut-être que nous pourrions simplement... nous appuyer sur nos forces et ignorer le reste, suggéra-t-il.

— Tu veux dire, continuer à coucher ensemble sans se soucier du lendemain ?

Elle semblait pour le moins sceptique.

— À moins que tu ne veuilles faire une scène et me planter là au mariage de ta sœur !

Elle leva les yeux au ciel.

— Est-ce que je suis du genre à faire ça ?

— Non, admit-il.

Il lui donna un léger coup d'épaule, et elle se pencha vers lui, manifestement heureuse de sentir à nouveau la chaleur de son corps.

— De mon point de vue, dit-il, nous avons trois options : premièrement, faire comme si rien ne s'était passé et redevenir de simples collègues et amis.

— Cela semble difficile, dit Nell.

Il acquiesça.

— Ce qui nous amène à la deuxième option : tomber follement amoureux et essayer de se changer l'un l'autre afin de vivre en harmonie pour toujours.

— Avec notre licorne de compagnie, je suppose, ironisa-t-elle.

— Mais oui !

Elle lui jeta un regard dubitatif.

— Si cela ne va toujours pas, il reste une troisième solution : essayer d'être amis. Et plus si affinités... Au moins jusqu'à la fin des festivités.

Nell pencha la tête, songeuse, ce qui, pour être honnête, était plus qu'il n'avait espéré.

— Si tu veux, finit-elle par répondre. Je pense que ça pourrait marcher.

— Je n'en attendais pas moins de toi.

Il se rappela que Nell adorait établir des règles, fixer des limites. C'était elle qui avait accroché un grand tableau blanc dans la salle de repos, où figurait le règlement du bureau.

— Polly et Fred ne doivent jamais savoir.

Elle soutint son regard.

— C'est une condition impérative. Parce que si Polly l'apprenait…

Elle s'interrompit, le laissant imaginer les conséquences. Polly exprimerait-elle son désaccord ? Tenterait-elle de les marier ?

Quoi qu'il en soit, c'était suffisant pour inquiéter Nell, alors il accepta.

— Quoi d'autre ?

Nell se mordit de nouveau la lèvre.

— Notre accord prendra fin juste après le mariage, d'accord ? Inutile de le prolonger plus que nécessaire.

— C'est logique, répondit-il, même s'il songea avec regret que le mariage n'aurait lieu que trois petites semaines plus tard.

Pourquoi avaient-ils gâché les deux mois précédents à sortir avec d'autres personnes ?

— D'ici là, nous aurons réglé tout ça.

— Exactement, dit Nell avec fermeté. Et nous pourrons nous remettre en quête de l'âme sœur !

Il sourit, mais le cœur n'y était pas. Sans doute à cause de la tequila.

13

Le lundi matin suivant, quand Polly entra dans la salle de réunion, on aurait dit qu'elle avait passé le week-end à se détendre dans un spa plutôt qu'à boire et à faire la fête pour enterrer sa vie de jeune fille. La quantité de bouteilles vides à la fin du week-end avait surpris même M. et Mme McLeod.

— Eh bien, je dirais que ça s'est plutôt bien passé, non ? dit-elle en jetant un coup d'œil autour de la table.

Elle fronça les sourcils en s'arrêtant sur Nell et Alex.

— Sauf qu'aucun de vous n'a encore de cavalier pour notre mariage, n'est-ce pas ?

En prenant soin de ne pas regarder Alex, Nell secoua la tête.

— Quand tu as disparu samedi soir, j'avais placé de grands espoirs en toi, McLeod ! poursuivit Polly. Mais Fred m'a dit que tu t'étais retiré dans ta chambre, après avoir abusé de la tequila. C'est très bien, mais cela ne fait pas vraiment avancer les choses, n'est-ce pas ?

Alex s'excusa, un peu sèchement, de l'avoir déçue, et le simple son de sa voix fit courir un frisson dans le corps de Nell. Lorsqu'elle leva enfin les yeux vers lui, elle remarqua que Fred lui jetait un drôle de regard. Alors elle prit son agenda et commença à le feuilleter pour se donner une contenance.

Inutile de dire aux futurs mariés qu'elle avait déjà trouvé son cavalier. Elle était soulagée de voir qu'Alex et elle étaient sur la même longueur d'onde, et d'accord pour dire qu'il faudrait mettre fin à leur relation avant de trop s'attacher l'un à l'autre. Se fixer le lendemain du mariage comme limite éliminait ce risque, et les semaines à venir n'en seraient que plus intenses...

Polly s'assit en bout de table et dit avec un soupir théâtral :

— Eh bien, il ne vous reste plus qu'à assister ensemble à notre mariage ! Je sais que vous n'en avez pas envie, dit-elle en levant la main pour prévenir toute objection, mais je ne peux pas accepter que la demoiselle d'honneur et le témoin fassent cavaliers seuls lors d'un mariage romantique sur le thème du couple !

— Tout est prévu pour les couples, ajouta Fred.

Nell soupçonnait Alex de trouver cela aussi ridicule qu'elle, mais il avait décidé de respecter les règles du jeu. Bien sûr, Polly avait à cœur de promouvoir l'agence, mais elle faisait également cela par goût personnel.

Nell jeta un regard en direction d'Alex, qui haussa les épaules avec nonchalance.

— Cela ne me dérange pas, en fin de compte. C'est toi qui refuses depuis le début d'être ma cavalière.

Nell se mordit l'intérieur de la joue pour ne pas rire. Avait-il vraiment dit ça ?

— Je ne crois pas non plus avoir été ton premier choix, lui fit-elle remarquer.

Il soupira.

— Alors qu'en dis-tu ? Penses-tu pouvoir me supporter pendant toute la durée des festivités ?

Nell feignit la panique.

— Nous ne serons pas obligés de partager une chambre, n'est-ce pas ? demanda-t-elle à Polly.

Cette dernière éclata de rire.

— Non, je ne suis pas aussi radicale ! Mais je vais devoir vous loger ensemble dans l'une des villas à deux chambres en bord de mer...

— D'accord.

Nell essaya de ne pas trop montrer son enthousiasme, mais elle était ravie.

Polly poursuivit :

— Quant à toi, Alex, j'apprécierais que tu t'arranges pour ne pas séparer les autres couples pendant la semaine du mariage.

Devant son regard innocent, elle ajouta :

— J'ai vu que vous étiez de nouveau très complices, toi et Ursula, au moment du dessert. Mais elle vient avec Damien, et j'ai de grands espoirs pour eux deux, alors ne gâche pas tout !

— Une vraie petite entremetteuse ! dit Fred avec tendresse.

— Je veux juste que tout le monde soit aussi heureux que nous, répliqua Polly.

Nell échangea un rapide coup d'œil avec Alex, puis s'empressa de dire :

— Tant que vous ne faites pas de projets pour nous deux, tout va bien ! Entre nous, il s'agit d'un simple arrangement, rien d'autre...

— Qui doit durer jusqu'à votre départ pour votre lune de miel, précisa Alex.

— Oui, oui, je sais.

Une nouvelle fois, Polly soupira.

— Franchement, j'ai renoncé, pour vous deux. Alex ne veut pas s'engager, probablement parce qu'il ne veut pas finir comme ses parents – ce qui, d'après ce que j'ai vu ce week-end, se comprend tout à fait. Quant à toi, Nell, tu ne prendras jamais le risque de tomber vraiment, follement, amoureuse, à supposer que tu quittes ton appartement douillet ou ton bureau assez longtemps pour trouver quelqu'un !

Elle prit une grande inspiration et regarda les autres, muets de stupéfaction.

— Quoi ?

Fred lui prit doucement la main.

— Je trouve que ça fait beaucoup de vérités pour un lundi matin, ma chérie.

Mais Polly ne regrettait rien.

— Si je ne leur dis pas la vérité, qui le fera ?

Alex se leva.

— Sur ces bonnes paroles, je vais aller prendre un café avec ma cavalière. Tu viens, Nell ?

— Pourquoi pas ? Salut tout le monde !

Et ils sortirent tous deux par cette belle matinée ensoleillée de début d'été.

— Ça s'est plutôt bien passé, non ?

— Je ne pense pas qu'ils se soient doutés de quoi que ce soit, si c'est ce que tu veux savoir, répondit Nell. Mais je trouve quand même assez pénible que ma sœur veuille régenter la vie de tout le monde.

— Tu dis ça comme si c'était une découverte, pour toi ! fit remarquer Alex.

— C'est vrai. Mais au moins, nous serons tranquilles pendant les deux prochaines semaines.

— Oui, répondit Alex avant de déposer un baiser dans ses cheveux. Ce sera juste nous deux. Alors, un café !

— Oh oui !

Deux semaines plus tard, Alex se rendit compte en se réveillant que le lit était vide, près de lui.

— Nell ?

Sa voix résonna dans la chambre vide. Ils étaient rentrés à son appartement la veille au soir, après avoir dîné dans un minuscule restaurant d'un quartier de Londres qu'il ne connaissait pas, et où il savait que Polly et Fred ne pourraient pas les surprendre. Malgré cela, Nell ne l'avait pas autorisé à lui tenir la main, juste au cas où...

« Comme ça, si quelqu'un nous voit, on pourra lui dire que c'est une réunion de dernière minute pour l'organisation du mariage », avait-elle dit.

Il aurait pu penser qu'elle avait honte de lui, mais il savait que ce n'était pas le cas. En revanche, il était presque sûr qu'elle était mal à l'aise avec la tournure qu'avait prise leur relation. Pour elle, il était difficile de sortir de sa zone de confort pour s'engager dans une histoire qu'elle savait sans lendemain. Quant à lui, il devait bien admettre que même s'il adorait faire l'amour avec elle, il n'aimait pas non plus trop penser à ce qui se passerait une fois le mariage passé.

Le mariage...

Alex se redressa brusquement. Nell se tenait dans l'encadrement de la porte, vêtue d'un pantalon noir moulant, d'un T-shirt rayé noir et blanc, et d'un long gilet noir. Elle était en train d'accrocher une boucle en or à son oreille.

— Je crois qu'il faut se préparer, maintenant. Le taxi pour l'aéroport sera là dans trente minutes !

L'aéroport ? Il avait presque oublié ! La semaine du mariage commençait ce jour-là, et le vol pour Mahé partait dans l'après-midi.

— Je parie que tu es content d'avoir fait tes valises hier

soir, dit Nell par-dessus son épaule, avant de disparaître dans le salon.

Alex bondit hors du lit, se doucha et s'habilla confortablement avant de la rejoindre.

— Que fais-tu ? demanda-t-il.

— Je vérifie nos passeports et nos billets, répondit Nell, sans lever les yeux.

— Tu l'as fait hier soir, fit-il remarquer.

— Et au moins quatre fois déjà ce matin ! ajouta-t-elle.

— Eh ! on les a bien eus, non ?

— On dirait bien !

Elle serra la pochette contre sa poitrine.

— Tu crois que quelqu'un remarquera que j'ai tes documents de voyage ?

Il haussa les épaules.

— Je ne crois pas. Mais peu importe, après tout !

Il n'avait pas envie de se cacher – il vivait sans complexes, et n'avait jamais été doué pour faire semblant. Mais à quoi bon parler de ça alors que la fin de leur histoire était déjà connue ? Oh ! C'était peut-être ça le problème. C'était leur dernière semaine ensemble et... il ne voulait pas que ça se termine.

Mais ils avaient passé un accord, et il n'allait pas revenir dessus maintenant. Tout ce qu'il pouvait faire, c'était profiter au maximum du temps qu'il leur restait, puis refermer sans regret cette parenthèse. Elle serait libre alors de trouver quelqu'un qui pourrait lui donner ce dont elle avait besoin, et lui... Eh bien... peut-être qu'il pourrait la garder comme amie. C'était mieux que rien, non ?

— Tu as les bagues ? demanda Nell.

Il hocha la tête.

— Et ton costume ?

— Tu as vérifié ma valise deux fois.

Il n'avait jamais été aussi bien organisé pour un voyage de toute sa vie.

— Allons-y, alors !

Nell prit sa valise, et il la suivit docilement. Ce n'est qu'une fois dans le taxi en route pour l'aéroport qu'il réalisa qu'elle l'avait réservé six heures avant leur vol.

14

Polly avait affrété un avion privé pour transporter ses invités sur l'île des Seychelles où elle et Fred allaient se marier. En apparence, ce n'était qu'un exemple de plus de ce que *Here & Now* pouvait offrir à ses clients, et c'est pourquoi ces images figuraient sur tous les réseaux sociaux.

Certains invités viendraient d'ailleurs ou arriveraient plus tard dans la semaine, mais l'avion était quand même plein à craquer. Nell balaya du regard les sièges occupés en montant à bord, soulagée de voir que les deux personnes avec lesquelles elle avait le moins envie d'être confinée – sa mère et Paul – ne semblaient pas être du voyage.

— Je n'ai jamais vu un avion aussi… rose, murmura Alex par-dessus son épaule. On dirait que c'est la Saint-Valentin !

Chaque rangée de deux sièges disposait d'une couverture rose double à partager, ainsi que d'un sachet de chocolats en forme de cœur. Les coffres de rangement avaient été décorés de cœurs roses, et même les stewards portaient des gilets avec des poches rouges en forme de cœur.

— Tu veux le siège côté hublot ? demanda Alex.

Ils s'installèrent, et Alex tira la couverture sur leurs genoux, tandis que Nell prenait la carte placée dans le filet devant elle et examinait les détails de leur vol.

— Nous avons le choix entre plusieurs films romantiques, et notre plateau-repas sera... en forme de cœur, lui aussi. Cela t'étonne ?

Elle rit de le voir grimacer, puis jeta un coup d'œil gêné autour d'elle pour voir qui les observait. Oui, ils étaient censés assister à ce mariage ensemble, mais elle ne voulait pas qu'on devine la véritable nature de leur relation.

Pendant le décollage, elle prit la main d'Alex sous la couverture et la serra. Dès que le signal des ceintures de sécurité s'éteignit et que l'avion eut atteint sa vitesse de croisière, Polly surgit près d'eux.

— Je sais que c'est un peu bizarre pour vous deux de ne pas être un vrai couple, dit-elle, mais si vous pouviez faire semblant, juste pour cette semaine, juste pour moi, ce serait merveilleux !

Nell jeta un rapide coup d'œil à Alex, qui haussa les épaules comme pour dire que tout dépendait d'elle. Mais sous la couverture, elle sentit sa main se poser sur sa cuisse.

— Je suis sûre qu'on peut y arriver, répondit-elle, la bouche soudain douloureusement sèche.

Polly était ravie.

— Merci ! lança-t-elle avant d'aller discuter avec d'autres invités.

Alex regarda Polly s'éloigner dans l'allée centrale, puis caressa doucement la cuisse de Nell. Il s'attendait à tout moment qu'elle saisisse sa main et la déplace, qu'elle lui jette un regard noir et lui ordonne d'arrêter. Mais elle n'en fit rien. Alors il continua, et elle laissa échapper un soupir d'aise.

— Alex, chuchota-t-elle, quelqu'un pourrait nous voir...

Il regarda en tous sens : personne ne faisait attention à eux.

— Je ne crois pas. Ils sont tous en train de dormir, ou de regarder un film, ou de... faire comme nous, dit-il en faisant remonter la main vers le cœur de sa féminité.

— Nous sommes dans un avion ! protesta Nell, à voix basse.

Mais alors même qu'elle prononçait ces mots, elle bascula doucement les hanches, comme pour l'inviter à aller plus loin.

Il sourit.

— Tu veux que j'arrête, alors ?

Il le ferait, si elle le lui demandait, songea-t-il. Mais elle ne le fit pas.

— Non, souffla-t-elle, les joues rosies.

Alex effleura son sexe, et entendit son souffle se bloquer.

Quand il approfondit la caresse, cherchant le point le plus sensible, il la vit se mordre plus fort la lèvre...

— Salut les amoureux !

La main sur l'appuie-tête de Nell, Fred se pencha vers eux, les dominant de toute sa hauteur.

— Nell, on peut échanger nos places ? Polly veut passer en revue quelques détails du mariage avec toi avant l'atterrissage.

— Euh... d'accord.

Les joues rouges, Nell souleva la couverture, se leva et s'éloigna de son siège sans même un regard pour Alex, qui s'affaissa dans son propre siège et se couvrit de nouveau jusqu'à la taille pour dissimuler la réaction de son corps.

Fred se glissa dans le siège à côté de lui.

— Alors, comment se passe la vie de couple avec Nell ?

Alex leva furtivement les yeux vers son ami et vit une étincelle briller dans son regard.

— Pas mal...

— C'est ce que je dirai à Polly lorsqu'elle me le demandera.

Alex réprima à grand-peine un soupir de soulagement, et fit mine de glisser ses écouteurs dans ses oreilles.

— Je vais te laisser, dit Fred, hésitant. Mais...

Alex leva les yeux vers lui.

— Sois raisonnable, d'accord ? Pour notre bien à tous.

Il acquiesça, mais lorsque Nell revient une demi-heure plus tard, à temps pour le repas, il n'aurait même pas été capable de dire quel film il était en train de regarder.

— Comment ça, elle n'est pas arrivée ? Pouvez-vous vérifier à nouveau ?

Quatorze heures de vol, une demi-heure de voiture et vingt minutes d'hélicoptère plus tard, Nell était à bout de nerfs. Elle n'arrivait même pas à s'enthousiasmer pour l'île paradisiaque que Polly et Fred avaient choisie pour leur mariage. Alex avait disparu pour vérifier que la villa nuptiale était prête pour les futurs mariés, entraînés par l'organisateur du mariage pour un verre de bienvenue. Elle savait qu'il n'avait pas dormi dans l'avion, parce qu'après sa conversation avec Polly ils avaient regardé ensemble des films stupides en bavardant sans discontinuer.

Elle avait l'intention de se rendre directement dans sa chambre et de se laisser tomber sur son lit, mais avant cela elle voulait vérifier si la robe de mariée de Polly, envoyée par courrier spécial, était arrivée.

— Je suis désolée, confirma la jeune femme derrière le comptoir de la réception, on ne m'a rien livré pour l'instant. Peut-être pourriez-vous essayer de contacter la société qui l'a expédiée.

— Je vais le faire tout de suite, merci.

Alors qu'elle tournait les talons, le luxueux hall de l'hôtel se mit à tournoyer. Elle cherchait quelque chose à quoi s'accrocher quand deux bras puissants la saisirent.

— Je crois que tu as besoin de t'asseoir, dit Alex en la guidant vers un fauteuil tout proche.

Elle s'enfonça dans les coussins moelleux avec reconnaissance.

— Je croyais que tu étais parti te coucher...

— Sans toi ?

Il lui adressa le plus sexy des sourires, qu'elle lui rendit avant même de penser à vérifier que personne ne les regardait.

Alex s'assit dans le fauteuil en face d'elle.

— Alors, quel est le problème ?

— La robe de mariée de Polly n'est pas arrivée.

Alex grimaça.

— Qu'est-ce qu'on peut faire ?

— Je vais appeler l'entreprise pour voir ce qui se passe.

— Ils sont au Royaume-Uni ? demanda Alex.

Nell acquiesça.

— Alors ils ne seront pas ouverts avant deux heures. Je vais envoyer un mail à notre bureau de Londres et demander à quelqu'un de s'en occuper dès que possible. Et tu pourras dormir un peu.

— Oui, ça me ferait le plus grand bien, car je ne suis plus capable de réfléchir en ce moment.

— C'est parce que cette journée a duré environ deux cents heures !

Alex se leva, et lui tendit la main pour qu'elle se lève à son tour.

— Allez, on y va ! On va envoyer un mail et se reposer, d'accord ?

Elle acquiesça et lui prit la main, puis se figea en voyant la porte de l'hôtel s'ouvrir sur deux silhouettes familières.

Alex jeta un coup d'œil par-dessus son épaule et dit :

— Paul et Jemima ?

Nell acquiesça.

— Tu savais qu'ils seraient là, ajouta-t-il. Allez, viens. Tu n'es pas obligée de leur parler maintenant.

Mais elle s'avança vers eux. Parce qu'elle était la demoiselle d'honneur et Alex le témoin, et que l'une de leurs tâches consistait à accueillir les invités lorsque les mariés n'étaient pas là pour le faire. Affichant un grand sourire, elle alla saluer son ex et sa nouvelle petite amie.

— Paul, Jemima ! Je suis ravie que vous ayez pu venir.

Elle tendit la main à Jemima.

— Je suis Nell, la demoiselle d'honneur, et voici Alex, le témoin. Pouvons-nous vous enregistrer tous les deux ? Je pense que vous allez séjourner dans l'une des magnifiques chambres de l'hôtel. Polly et Fred ont aussi réservé douze villas privées en bord de mer pour leurs invités.

Elle ignora les tentatives de Paul d'entamer une conversation, préférant écouter Jemima parler de toutes les choses qu'elle voulait faire pendant leur séjour aux Seychelles - randonnée, surf, plongée avec masque et tuba...

— Et bien sûr, j'adorerais nager avec les requins ! ajouta-t-elle.

Nell ne put s'empêcher de jeter un coup d'œil à Paul, qui, elle le savait, avait une peur bleue des créatures marines.

— On dirait que vous avez prévu une semaine riche en sensations fortes ! dit-elle avant de les confier au personnel de la réception. Je sais que Paul aime l'aventure !

C'est ce qu'il avait prétendu quand il l'avait quittée...

— Très drôle, dit Alex en s'éloignant. On peut aller se coucher, maintenant ?

Ils approchaient de la passerelle qui menait aux villas

privées du front de mer lorsqu'ils aperçurent la silhouette d'un nouvel arrivant… ou plutôt, d'une nouvelle arrivante. Madeline Andrews sortait d'une voiture avec un chapeau de soleil à large bord qui avait dû agacer tout le monde dans l'avion. Elle regarda le personnel s'affairer autour d'elle avec force compliments, puis s'avança vers le hall d'entrée. Dix minutes plus tard, sa mère aurait conquis tout le monde sur l'île, songea Nell. Tout le monde sauf elle, en tout cas. Et si elle essayait de lui parler maintenant, pour la première fois depuis – quand était-ce ? – deux ans, peut-être… Mais cela ne pourrait être qu'un désastre. Et elle avait besoin de dormir avant d'affronter l'ouragan Madeline.

Alex lui passa un bras autour des épaules et la guida à l'intérieur de leur villa. Là, elle pourrait prendre quelques heures de repos dans ses bras, avant d'avoir à gérer son ex, sa mère et une robe de mariée disparue !

15

Alex ne savait pas vraiment pourquoi il se sentait responsable de la disparition de la robe de mariée, mais il était hors de question qu'il réveille Nell pour qu'elle s'en occupe, et comme elle ne voulait pas affoler Polly inutilement, personne d'autre sur l'île à l'exception de la réceptionniste n'était au courant pour l'instant.

Aussi, lorsque le bureau de Londres envoya un mail plus tard dans l'après-midi, avec les dernières nouvelles du coursier affirmant que la robe de mariée avait bien été livrée à la date prévue, il laissa Nell somnoler dans leur lit et retourna à la réception pour lancer une nouvelle recherche dans l'hôtel.

— Je suis désolée, monsieur, mais nous n'avons pas la robe - et aucune trace de sa livraison, répéta la réceptionniste.

Alex poussa un soupir.

— Que me suggérez-vous de faire, alors ?

La jeune femme regarda autour d'elle pour s'assurer qu'on ne l'écoutait pas, puis se pencha vers lui.

— Il se trouve que ma tante est couturière sur l'île voisine. Elle fait du très bon travail...

— D'accord. Merci.

Mais Alex n'était pas sûr que Polly accepterait cette

option, étant donné le temps et l'argent qu'elle avait déjà consacrés au choix de sa robe.

— Vous m'appelez si le coursier se présente, d'accord ?

— Immédiatement, promit la réceptionniste. Vous savez, il a peut-être décidé d'attendre après la tempête pour faire venir la robe par avion depuis le continent.

Une autre raison de s'inquiéter, jugea Alex.

— La météo prévoit du mauvais temps ?

Elle acquiesça.

— Apparemment, une tempête tropicale se prépare. Elle ne nous atteindra probablement pas ici, mais...

Elle s'interrompit et haussa les épaules.

— Une tempête tropicale... Est-ce bien la saison pour ça ?

Il était sûr d'avoir lu dans le guide de Nell qu'elles se produisaient en janvier.

La réceptionniste lui montra le bulletin météo.

— En effet...

Une tempête tropicale. Juste ce qu'il fallait pour ce mariage ! Comme il se tournait, il vit Jemima et Paul s'approcher.

— Alex ! Tout va bien ?

Paul avait l'air quelque peu désespéré.

— J'ai entendu parler d'un orage. Faut-il fermer les volets et se barricader ?

— Je ne suis pas sûr que nous soyons touchés, dit Alex.

— Oh ! tant mieux !

Jemima lui sourit.

— Je suis sur le point de réserver des excursions pour nous demain ! Je ne voudrais pas qu'elles soient annulées.

Elle s'adressa à Paul.

— Qu'est-ce que tu en penses, chéri ? Plongée ou tour des îles en jet-ski ? À toi de voir...

Alex soupçonnait Paul de chercher une échappatoire.

Il aurait préféré se faire arracher une dent que de partir affronter l'océan.

— Bon, eh bien, je ferais mieux de rentrer...

Alex fit un vague signe de la main en direction de sa villa avant de s'éloigner, mais Paul lui prit le bras.

— Tout va bien ?

Alex fixa la main de Paul sur sa manche jusqu'à ce qu'il la retire et recule, l'air gêné.

— Je voulais juste savoir... Toi et Nell, bégaya Paul, je vous ai vus ensemble à la fête de fiançailles et je me demandais...

Alex haussa les sourcils.

— Tu veux savoir si nous sommes ensemble ?

— Tu n'es pas le genre d'homme avec qui elle a l'habitude de sortir, c'est tout, dit Paul avec raideur, alors j'ai été surpris.

— Jemima n'est pas non plus le genre de femme avec qui tu as l'habitude de sortir, souligna Alex. Tout le monde aime le changement, n'est-ce pas ?

Paul secoua la tête.

— Pas Nell. Elle aime que les choses restent exactement comme elles l'ont toujours été, depuis qu'elle est en âge de prendre sa vie en main.

Une part de lui voulait intensément dire la vérité à Paul – ou, du moins, une version de la vérité : Nell et lui étaient ensemble, plus que jamais, et aussi impossible que ça puisse paraître, ils s'entendaient à merveille...

Mais il ne pouvait pas faire cela. Parce que ce n'était pas tout à fait la vérité. Nell retournerait dans son petit cocon d'ennui dès que cette cérémonie serait terminée. Elle se servait de lui essentiellement pour passer de bons moments, et s'il trouvait cela agréable quand l'initiative venait de lui, maintenant... son sentiment avait changé. Hélas ! la fin de cette histoire était déjà connue, et rien ne pourrait modifier ce scénario.

Pour répondre à Paul, il s'en tint donc à la ligne qu'il avait définie avec Nell.

— Non, nous ne sommes pas ensemble, affirma-t-il. Polly nous a associés pour la cérémonie, car nous sommes témoin et demoiselle d'honneur, c'est tout.

Le soulagement qu'il lut sur le visage de Paul l'inquiéta. Allait-il essayer de la reconquérir ? Espérait-il renouer avec elle, au cas où son aventure avec Jemima tournerait court ?

Quoi qu'il en soit, Alex sentit une vague d'hostilité mêlée de mépris monter en lui.

— Alex ? lança Jemima depuis la réception. Nell et toi voulez vous joindre à nous pour une excursion en jet-ski demain ?

Paul éclata de rire.

— Nell, du jet-ski ? Ça m'étonnerait beaucoup !

Jemima jeta à Alex un regard interrogateur.

— Peut-être pas. Mais cela t'intéresse peut-être, Alex.

En temps normal, Alex aurait sauté sur l'occasion, car il adorait la nouveauté : faire connaissance de nouvelles personnes, s'ouvrir à des expériences inédites...

Mais cette semaine-là, il avait d'autres priorités.

— Désolé, j'ai un emploi du temps très chargé, dit-il. Être témoin est un travail à plein temps !

Après un vague geste d'au revoir, il s'éloignait vers la villa lorsqu'il reconnut une autre invitée au bar : la mère de Nell. Il songea qu'il aurait dû se présenter. Même si Nell lui avait clairement fait comprendre qu'elle voulait garder ses distances pour l'instant. Il ne connaissait pas l'histoire de la relation des jumelles avec leur mère, mais si Polly voulait qu'elle soit présente pour ce grand jour, il était évident que

Nell aurait préféré qu'elle ne soit pas invitée. C'était le genre de chose qu'il aurait osé demander à Nell si leur relation avait été vouée à évoluer. Mais en l'état actuel des choses, il ne voulait pas prendre le risque qu'elle décide de mettre fin à leur relation plus tôt que prévu.

Avant qu'il puisse décider de se présenter à elle, il vit homme s'approcher d'elle. Il était visiblement bien plus jeune qu'elle, et lorsqu'il se pencha pour l'embrasser, Alex décida que les présentations pouvaient attendre.

Les invités continuèrent d'affluer tout au long de la journée. Nell réussit à coordonner les choses depuis la villa, par téléphone – y compris à retrouver le coursier, qui n'avait pas livré la robe de Polly comme il l'avait prétendu.

« Elle sera là avant le mariage, avait-il promis. En attendant, profitez donc de l'île ! »

Comme si elle pouvait se détendre, alors que sa sœur se mariait quelques jours plus tard, que sa mère était dans les parages et qu'elle-même ne savait pas très bien comment gérer l'étrange relation qu'elle entretenait avec Alex. Même si… eh bien, cela se passait très bien entre eux, en fait !

Hélas ! cette parenthèse enchantée se refermerait sous peu. De nombreuses ex d'Alex assisteraient à ce mariage, et elle aurait préféré mourir plutôt que d'avouer qu'elle avait à son tour succombé aux charmes de cet homme trop séduisant pour être honnête. D'ailleurs, elle ne se faisait aucune illusion : elle aussi rejoindrait bientôt les rangs des ex !

Mais elle avait conscience qu'il lui fallait honorer son engagement, et donner le change jusqu'au bout. Sa mère la jugerait, elle le savait, et elle ne pourrait pas supporter que celle-ci devine qu'elle était tombée amoureuse d'un play-boy ! Ressembler à sa mère, partager ses goûts, était à ses yeux la honte absolue. Par le passé, elle avait fait bien pire, en s'enfuyant avec le témoin de son propre mariage ! Mais elle n'hésiterait pas à faire la leçon à Nell, et à lui reprocher de manquer d'audace. Non, Madeline Andrews ne devrait jamais découvrir que sa fille nourrissait des sentiments pour Alex McLeod !

Heureusement, cette mascarade serait terminée d'ici peu, se rappela-t-elle pour se rassurer. Chassant ces pensées troublantes de son esprit, elle se dirigea vers la réception, soucieuse de régler au plus vite les problèmes qui se présentaient et de remplir au mieux son rôle de demoiselle d'honneur. C'était pour cela qu'on avait besoin de gens comme elle : ils arrangeaient les choses pendant que d'autres, plus aventureux, vivaient des expériences exaltantes sans avoir à se soucier de l'essentiel. Comme le fait de savoir si la mariée aurait sa robe à temps pour prononcer ses vœux, par exemple ! En toute honnêteté, c'est elle qui avait décidé de cacher cette information à Polly. Sa jumelle passait un agréable moment au spa, sur l'île voisine, alors pourquoi gâcher son plaisir ? Pendant ce temps, Nell passait des dizaines de coups de téléphone, et Alex... Mais où était Alex, au fait ?

Soudain, elle l'aperçut sur la terrasse, en train de regarder l'océan, les bras croisés sur la poitrine. Il avait l'air... contemplatif, ce qui n'était pas un état habituel pour cet homme tout entier tourné vers l'action, le mouvement... Du moins dans sa vie privée. Elle avait toujours pensé qu'il réservait sa patience, sa méthode et son calme à son travail, et qu'il ne lui en restait plus pour le reste. Intriguée, elle s'approcha.

— Tu as l'air bien pensif, dit-elle en venant se placer tout près de lui. Tu t'émerveilles devant l'immensité de l'océan, ou tu regardes ces filles en bikini sur des planches à voile ?

Alex passa un bras autour de sa taille et déposa un baiser sur le sommet de son crâne. L'espace d'un instant, elle n'eut qu'une envie : s'abandonner entre ses bras... Mais elle se rappela que tout le monde sur cette île était là pour le mariage de Polly, et que la dernière chose dont elle avait besoin était qu'on rapporte ses faits et gestes à sa sœur – ou, pis, à sa mère – et qu'on raconte qu'elle avait craqué pour le témoin.

Elle s'éloigna donc de lui, tandis qu'il déclarait :

— J'ai entendu dire à la réception qu'une tempête se préparait. Elle ne nous atteindra probablement pas ici, mais certains des invités partis faire le tour de quelques îles voisines ne sont pas encore rentrés, et...

Nell soupira.

— Nous ferions mieux de rentrer et de commencer à passer d'autres coups de fil, tu ne crois pas ?

Il lui adressa un sourire en coin et lui prit le bras. Malgré toutes ses réserves, elle le laissa faire. Après tout, il n'était pas parti avec les autres. Il était là, et lui offrait son aide. Peut-être cela signifiait-il quelque chose.

Il s'avéra que les invités partis en excursion étaient bien bloqués à cause du mauvais temps. La réceptionniste fut reconnaissante à Nell et Alex quand ils se proposèrent pour l'aider à trouver un bateau prêt à braver la tempête pour les ramener. Les intempéries menaçaient de durer quelques jours, et s'ils ne rentraient pas à temps pour le mariage, Polly serait furieuse.

— Tu ne voulais pas aller avec eux ? demanda Nell lors d'une pause entre deux appels téléphoniques, alors qu'ils attendaient des nouvelles d'un marin disposé à faire le voyage. Un tour en jet-ski pendant une tempête tropicale devrait t'intéresser, pourtant !

Elle s'en voulut d'avoir été aussi ironique. Aurait-elle vraiment préféré qu'il la laisse seule ? Ou bien espérait-elle qu'il changerait d'avis ?

— Jemima m'a proposé de me joindre à elle et Paul, figure-toi.

— Et tu as refusé ?

Il haussa les épaules.

— J'avais des choses à faire ici.

Elle posa sur lui un regard étonné.

— C'est très raisonnable...

À cet instant, le téléphone sonna à nouveau, interrompant leur conversation. Finalement, ils réussirent à ramener les invités égarés sur l'île, tous sains et saufs. Alex était là avec Nell pour les accueillir. Le coursier tant attendu était du voyage lui aussi, et livra enfin la robe de mariée de Polly.

— Au moins, nous aurons une belle histoire à raconter au sujet de ce voyage ! déclara Jemima en riant.

Une fois tous les invités de retour sur l'île et la robe de Polly bien accrochée dans le dressing de la suite nuptiale, Nell et Alex s'accordèrent un peu de répit. Enfin !

Nell glissa le bras sous le sien et se hissa sur la pointe des pieds pour lui chuchoter à l'oreille :

— Il nous reste encore deux heures avant le dîner de répétition. Tu penses qu'ils peuvent se passer de nous pour l'instant ?

— Absolument, répondit Alex.

L'avenir était peut-être hors de son contrôle, mais le

présent lui appartenait bel et bien. N'avait-il pas toujours préféré vivre dans l'instant présent ? Or, en ce moment précis, Nell était toujours à lui. Et il avait l'intention d'en profiter tant que cela durerait.

16

Avant le dîner de répétition, Polly et Fred avaient prévu un événement spectaculaire sur la plage. Un événement qui, heureusement, pourrait avoir lieu, car la tempête un instant menaçante s'était éloignée des côtes. Nell n'était même pas sûre que sa sœur ait eu vent de cette menace. Elle avait passé une merveilleuse journée au spa avec ses autres demoiselles d'honneur, n'acceptant la défection de Nell que parce qu'elle savait à quel point celle-ci détestait les bavardages et la futilité. Nell, qui avait passé la moitié de la journée à aider les invités et l'autre moitié avec Alex, décida que cet équilibre était parfait !

L'alchimie entre Alex et elle continuait à la surprendre, et le plus étonnant était qu'elle ne semblait pas s'estomper avec le temps. Au contraire, elle devenait de plus en plus évidente. Ainsi, lorsque Nell retrouva Polly sur la plage avant le dîner, pour vérifier une dernière fois l'aménagement des lieux, elles étaient toutes les deux détendues et heureuses.

— C'est magnifique ! déclara Nell en voyant les tables soigneusement disposées, les chaises enrubannées et les centres de table en fleurs et fruits tropicaux.

Le lendemain, après le mariage sur la plage, ils se retrouveraient dans la grande cour centrale du complexe hôtelier, et un dîner serait servi. Il y aurait des musiciens, un bar et une foule d'autres détails que Nell n'avait plus en tête. Mais ce soir-là, le dîner de répétition était censé être plus modeste. Tous les invités n'étaient pas conviés, seulement les mariés et la famille proche – les autres profiteraient d'un buffet proposé dans le restaurant principal. Un guitariste et un chanteur occuperaient une petite estrade près des tables, et un bar à cocktails était installé sur le sable. Le clapotis des vagues était très agréable. Tout était parfait.

Polly se frotta les mains, ravie, et Nell se rendit compte que son sourire était contagieux.

— Je n'arrive pas à croire que nous soyons enfin ici, Nell !

— Cela ne fait que trois mois que Fred t'a demandée en mariage, Pol.

Mais sa sœur ignora sa remarque.

— Et maintenant, nous sommes enfin là ! Demain, je me marie, et Fred et moi serons ensemble pour toujours, quoi qu'il arrive !

Nell sentit son sourire s'évanouir, mais elle s'efforça de faire bonne figure. Elle savait que sa sœur disait vrai, et que son mariage durerait. Leur mère n'avait jamais réussi à faire durer ses relations, et leur père n'avait jamais eu envie de se marier, mais Polly et Fred réussiraient leur vie de couple, elle en était sûre. Elle ne pouvait s'empêcher de se demander si Polly, tout comme elle avait hérité son esprit aventurier de leurs parents, avait aussi reçu le bonheur en héritage.

Nell n'avait jamais vraiment été jalouse de sa jumelle auparavant, mais l'imaginer passer sa vie avec l'homme qui l'aimait plus que tout et qu'elle aimait en retour malgré les désaccords qui les opposaient parfois éveillait chez elle un sentiment d'envie.

Elle leva les yeux et, voyant que les invités commençaient

à arriver, envoya Polly se changer pour la soirée. De son côté, elle avait déjà passé une petite robe noire et des sandales argentées, seule concession festive en harmonie avec ce cadre enchanteur.

Elle sourit et accueillit la famille de Fred, soulagée qu'Alex la rejoigne, car il les connaissait mieux qu'elle et était donc plus à l'aise en leur présence. Du côté de la famille de Polly, la conversation était plus facile. La plupart des invités étaient des amis, cette soirée étant réservée à la famille et aux intimes. La personne qu'elle redoutait le plus de côtoyer était sa mère qui, bien sûr, était en retard.

— Elle attend probablement pour faire son entrée en même temps que les mariés, dit Nell à Alex quand il lui demanda où elle se trouvait.

Alex eut l'air surpris.

— Elle ferait ça, tu crois ?

Au vu du comportement de ses propres parents lors de la fête de fiançailles, sa question était bien naïve, jugea Nell, qui confirma :

— Elle adore se mettre en valeur et ne vit que pour cela !

C'est alors qu'elle aperçut deux personnes qui se dirigeaient vers eux en titubant. L'une d'elles s'accrochait à une guirlande lumineuse utilisée pour délimiter les allées qui séparaient les villas.

— Aïe ! murmura Nell.

La silhouette qui tenait la guirlande lumineuse était celle d'un homme, mais il ne s'agissait pas d'un invité. En revanche, la femme, avec sa robe rose et ses talons hauts qui s'enfonçaient dans le sable, était indubitablement sa mère.

— Qui est ce type ? demanda Alex.

Puis, comme il l'observait avec attention, il lui parut vaguement familier.

— Ah oui ! Je m'en souviens, maintenant ! Je l'ai vu l'embrasser au bar, tout à l'heure. A-t-elle annoncé qu'elle venait avec un cavalier ?

Nell fronça les sourcils.

— Elle est arrivée seule, en tout cas, et il n'y a pas trace d'un compagnon sur son invitation.

En effet, Polly l'avait placée près d'un oncle de Fred, un veuf de son âge, pour le dîner.

Nell s'éloigna d'Alex et s'avança pour les intercepter.

— Maman !

— Nell ! Je ne t'avais pas vue !

Elle passa les bras autour des épaules de Nell, qui sentit l'alcool dans son haleine.

— Nigel, voici mon autre fille, celle qui ne se marie pas !

Elle baissa le ton et ajouta à l'intention de son compagnon :

— Et ça n'arrivera sans doute jamais.

Nell serra les dents, mais ignora cette remarque, rassurée de sentir Alex à côté d'elle. Elle ne voulait pas faire de scène – sa mère aurait été trop heureuse de la voir sortir de ses gonds.

— Maman, le dîner de répétition est réservé à la famille, dit-elle d'un ton ferme. Si tu veux bien prendre congé de ton nouvel ami, Alex va te conduire à ta place.

— C'est Roger, un oncle de Fred, qui sera votre cavalier, Madeline, dit Alex en lui offrant le bras.

Nell espérait que l'oncle Roger était sourd. Sinon, il connaîtrait toute la vie de Madeline Andrews avant que le dessert soit servi !

Elle s'attendait que Madeline prenne le bras d'Alex, qui était plus jeune et plus séduisant que Nigel. Mais au contraire, elle se lova contre son compagnon.

— Mais, chérie, Nigel est de la famille ! Ou plutôt, il le sera bientôt !

Madeline leva vers Nigel un regard énamouré.

— Nous allons nous marier, vous savez ! Ici même, sur cette île ! J'ai hâte de l'annoncer à tout le monde ce soir. Ou crois-tu que nous devrions garder la nouvelle pour le repas de demain, au moment des toasts ?

Nell avait envie d'aller se cacher dans un trou de souris. Ce qu'elle redoutait le plus était en train de se produire. Quel cauchemar ! Elle avait espéré que sa mère ne puisse pas venir au mariage pour une raison ou pour une autre. Car comme à son habitude, elle voulait attirer à elle toute la lumière, comme si ce mariage était le sien et non celui de sa fille. Depuis son enfance, tout avait toujours tourné autour d'elle, se rappela Nell. Et maintenant, elle essayait de voler la vedette à Polly pour le plus beau jour de sa vie ! Eh bien, cela ne se passerait pas comme ça ! Et d'après le regard d'Alex, elle comprit qu'il était déterminé à empêcher tout débordement, lui aussi.

— Nous ne pouvons absolument pas la laisser gâcher cette soirée, murmura Nell à son oreille, tandis que les invités se levaient pour applaudir les futurs mariés qui faisaient leur entrée.

— Il n'en est pas question ! répondit Alex.

D'après le peu qu'il avait vu de Madeline Andrews, elle n'avait pas l'air d'être le genre de personne à accepter qu'on lui donne des ordres. Comment une femme comme elle avait-elle pu donner naissance à une personne aussi sensible et attentionnée que Nell ? Cela était un véritable mystère.

— Bien, dit Nell après un moment de réflexion. Voici ce que nous allons faire...

Mieux valait temporiser pour éviter un éclat. Alex conduisit Madeline près de l'oncle Roger et fit ajouter un couvert supplémentaire pour lui de manière à pouvoir garder un œil sur elle. Le personnel du restaurant de l'hôtel n'était pas ravi de ce changement de dernière minute, mais il s'exécuta.

Nell, pendant ce temps, entraîna Nigel à la place prévue pour Alex, à côté d'elle. Polly leur jeta un regard un peu étrange en s'asseyant à son tour, mais ne posa pas de questions, trop occupée à bavarder avec ses invités. Alex jeta un regard soulagé à Nell, qui le lui rendit.

À la fin du repas, Alex en savait bien plus sur l'existence de Madeline Andrews qu'il ne l'aurait voulu, et comprenait un peu mieux Nell, aussi. Il supposait déjà que son besoin excessif de sécurité venait du fait qu'elle avait été abandonnée par un père aventurier, mais il avait maintenant l'impression que sa mère en était tout aussi responsable. Nell ne voulait pas que ses enfants, si elle en avait un jour, grandissent comme elle. Elle souhaitait leur donner un foyer stable, un père digne de confiance. Il pouvait comprendre cela, et aussi pourquoi elle ne pouvait pas l'imaginer dans ce rôle. Il n'était même pas sûr de vouloir fonder une famille, au risque de faire subir à ses enfants ce qu'il avait dû supporter de la part de ses propres parents. Donc, tout compte fait, le dîner de répétition n'avait fait que le conforter dans la certitude que Nell et lui devraient mettre un terme à leur relation à l'issue de cette semaine de fête.

Dans moins de quarante-huit heures nous serons dans l'avion du retour.

Il jeta un nouveau coup d'œil à Nell, et regretta de ne pas être assis près d'elle, comme le plan de table l'avait prévu. Il ne voulait pas perdre une seule minute du temps qu'il leur restait à passer ensemble !

Le repas se termina sans encombre, ni déclaration intempestive de Madeline ou de Nigel. Au moment où Polly et Fred prenaient congé de leurs invités avant de partir chacun de son côté pour la nuit, Alex alla retrouver Nell. Ils n'étaient plus censés se voir avant la cérémonie.

— Tu dois rester auprès de ta sœur ce soir ?

La suite nuptiale où Polly et ses demoiselles d'honneur avaient été installées pour la nuit précédant le mariage se trouvait au deuxième étage de l'hôtel et présentait l'avantage de posséder deux salles de bains et un dressing, avec beaucoup d'espace pour que les coiffeurs et les maquilleurs puissent faire leur travail.

Quand Nell secoua la tête, Alex se sentit plus léger.

— Elle sait que je ne suis pas toujours très sociable, alors elle a dit qu'elle était d'accord pour me donner quartier libre ce soir – à condition que je mette cette stupide robe de demoiselle d'honneur demain !

— Elle n'est pas noire, j'espère !

— Non ! lança Nell en riant. Mais que ne ferais-je pas pour ma sœur ?

C'était tout à fait Nell, pensa Alex. Elle savait distinguer les choses importantes des futilités, et ne se trompait jamais. C'était l'un des traits qu'il aimait chez elle...

« Aimait » ?

Se pourrait-il... qu'il l'aime, elle, tout court ? Comme une amie, bien sûr, mais une amie à qui on fait aveuglément confiance, et que l'on pourrait suivre au bout du monde...

— Polly a de la chance d'avoir une sœur comme toi, dit-il, pour chasser les pensées inconvenantes qui assaillaient son esprit.

Nell lui jeta un regard surpris.

— Ce n'est qu'une robe. Et c'est le mariage de Polly, pas le mien.

C'était là toute la différence entre Nell et sa mère, réalisa-t-il. Et c'était ce qu'il aurait voulu lui dire : elle n'avait pas à s'inquiéter de devenir un jour comme sa mère, car cela ne serait jamais le cas. Il aurait voulu lui dire tant de choses ! Mais comment l'aurait-il pu, alors que leur histoire se terminerait deux jours plus tard ?

Nell jeta un coup d'œil autour d'elle, puis fronça les sourcils.

— Où est ma mère ? Et Nigel ?

— Ils étaient ici il y a deux minutes...

Alex balaya à son tour les environs, mais ne vit aucun signe des deux tourtereaux.

— Nous devons à tout prix les trouver ! lança Nell, prise de panique. Et s'ils étaient allés dire à Polly qu'ils voulaient faire un double mariage demain ?

— Mais non, voyons ! répondit Alex. Tu exagères. Ils ne feraient pas une chose pareille, tout de même !

En prononçant ces paroles, Alex réalisa que c'était lui qui se trompait : en réalité, ils en étaient tout à fait capables.

— Je vais vérifier la suite nuptiale et le bar de l'hôtel, et toi les villas et le bar de la plage, dit-il. Que dois-je faire si je les trouve ?

— Assure-toi qu'ils ne sèment pas la pagaille ! Et ramène-les dans la chambre de ma mère le plus vite possible. Nous nous retrouvons à la villa, d'accord ?

— Très bien, à tout à l'heure ! répondit Alex, avant de déposer un rapide baiser sur ses lèvres.

Alors qu'il tournait les talons pour aller régler ce problème, il se rendit compte qu'il était prêt à tout pour aider Nell. Elle pouvait tout lui demander. Cela signifiait-il qu'entre eux c'était plus qu'une simple aventure, et qu'il devrait avoir une conversation sérieuse avec elle, une fois terminées les festivités du mariage ?

Nell retourna à la villa qu'elle partageait avec Alex, ses sandales à la main. Elle avait cherché dans les villas, l'hôtel et les deux bars : aucune trace de sa mère et de Nigel. Elle avait aussi pu vérifier que Polly s'amusait avec ses amies, et partager une coupe de champagne avec elles avant de rentrer se coucher. Il aurait peut-être été agréable de passer la nuit précédant le mariage avec sa sœur, mais Nell préférait la passer avec Alex – surtout si c'était leur dernière nuit ensemble... Elle n'avait pas beaucoup d'atomes crochus avec les amies de Polly de toute façon. Maintenant, elle n'avait plus qu'à espérer qu'Alex avait trouvé sa mère et Nigel, et évité tout scandale de dernière minute ! À l'approche de la villa, elle se tourna vers l'océan. Des éclats de rire flottaient dans l'air et, en plissant les yeux, elle aperçut des silhouettes dans les vagues. Soudain, elle reconnut cette robe rose vif. Celle qu'une femme venait d'enlever et de jeter à la mer.

— Madeline !

Elle reconnut aussi la voix d'Alex, et sourit malgré elle. Elle lui avait demandé de s'occuper de sa mère, et ne pouvait pas lui reprocher d'avoir accompli sa mission. Elle savait que sa mère apprécierait Alex, et qu'Alex l'apprécierait. Ils se ressemblaient, tout bien réfléchi. Tous deux du genre aventureux, ils prenaient la vie comme elle venait et aimaient s'amuser. Tout le contraire d'elle.

Ignorant la boule qui lui obstruait la gorge, Nell entra dans la villa. Malgré l'heure tardive, elle n'était pas encore prête à dormir. Elle se prépara une tasse de tisane qu'elle emporta sur la terrasse, côté jardin, bien décidée à profiter du calme et de la tranquillité avant le chaos annoncé de la journée du lendemain. Les fleurs tropicales étaient superbes, le jardin luxuriant, et Nell comprit soudain pourquoi Polly avait choisi cet endroit incroyable pour son mariage. Il leur convenait parfaitement, à elle et à Fred. Mais dès son arrivée, elle ne s'y était pas sentie à sa place. Londres lui manquait, même si elle redoutait d'y retourner une fois que son histoire avec Alex serait terminée. De retour chez eux, ils redeviendraient de simples amis... au mieux.

Alors qu'elle était plongée dans ses pensées, elle aperçut soudain, au fond du grand jardin, une silhouette qui s'avançait vers elle.

— J'espérais bien te trouver encore éveillée !

Paul !

Nell se leva, surprise.

— Que se passe-t-il ?

Il lui sourit.

— Rien de grave, rassure-toi. C'est plutôt le contraire, en fait. J'ai l'impression d'avoir les idées claires pour la première fois depuis des mois. As-tu un instant à m'accorder ?

Nell désigna la chaise vide à côté d'elle, mais il secoua la tête.

— Je n'en aurai pas besoin, dit-il.

Nell se sentit soulagée. Cela qui lui convenait parfaitement. Mais son cœur manqua un battement quand elle vit Paul s'agenouiller devant elle, sur la terrasse.

17

Il était tard, très tard, quand Alex réussit enfin à faire sortir Madeline de l'eau, à l'envelopper dans un peignoir en tissu-éponge trouvé dans une cabine de plage et à la ramener dans sa chambre. Ils avaient perdu Nigel depuis des heures, peut-être dans le bar du bord de mer où Alex les avait trouvés tous deux après le dîner de répétition.

« Il est trop tôt pour aller se coucher ! avait déclaré Madeline. Allez, viens ! on va prendre un bain de minuit ! »

Alex aurait voulu les laisser partir, en espérant que les maîtres-nageurs travaillent aussi tard que le personnel du bar. Mais il avait promis à Nell de s'assurer que sa mère ne causerait pas d'autres problèmes ce soir-là, ce qui impliquait de rester près d'elle jusqu'à ce qu'elle aille se coucher.

Il s'était acquitté de sa tâche, allant même jusqu'à attendre dans la villa de Madeline qu'elle soit profondément endormie !

Puis, il avait décidé de couper par les jardins pour regagner la villa qu'il partageait avec Nell. Le sentier étant mal éclairé, il ne les avait vus qu'au dernier moment… Sous le porche, Nell, les yeux écarquillés, fixait Paul, à genoux devant elle, un écrin à la main. Tout de suite, il avait saisi que Paul, échaudé par son aventure avec Jemima, avait compris qu'elle n'était pas celle qu'il lui fallait, et avait eu des remords...

Il voulait renouer avec Nell, mais le reprendrait-elle ? se demanda-t-il, le cœur battant. Si on lui avait posé la question un mois auparavant, il aurait répondu par la négative, mais il n'en était plus si sûr.

Qu'est-ce qui avait changé ? Il la connaissait mieux maintenant, et savait à quel point la stabilité comptait pour elle. Malgré leur attirance mutuelle, et le plaisir qu'ils avaient à être ensemble, il savait qu'elle n'envisagerait même pas de se projeter dans l'avenir avec lui. Un avenir tout tracé, que nul ne pourrait lui enlever. Or, Paul l'avait abandonnée, quelques mois plus tôt à peine. Cela suffirait-il pour qu'elle ne se laisse pas de nouveau prendre à son jeu ? Mais si c'était ce qu'elle désirait, de quel droit se mettrait-il en travers de son chemin ?

La surprise qu'il lisait sur son visage suggérait qu'elle allait réfléchir à la proposition de Paul, à tout le moins. Si Polly avait été témoin de cette scène, elle aurait sûrement déjà pensé à arrêter la date du mariage. Avait-il le droit de rester tapi dans l'ombre et d'observer ce qui était clairement un moment d'intimité ? Non, sans doute pas, mais il le fit quand même.

— Je me croyais taillé pour l'aventure, pour une vie pleine de surprises et de rebondissements, mais je me trompais, dit Paul. J'aspire au calme et à la tranquillité que tu m'as toujours donnés, Nell...

Comme elle restait silencieuse, il poursuivit :

— J'ai fait une erreur, Nell : te quitter. Et je n'ai pas l'intention de recommencer. C'est pourquoi je te demande, Nell Andrews, si tu veux bien être ma femme. Je t'offrirai la sécurité et la stabilité que tu as toujours voulues, je t'en fais le serment...

C'en était trop ! Dévasté et furieux à la fois, Alex s'éloigna silencieusement en direction du bar de l'hôtel. Il ne pouvait pas rivaliser avec Paul et n'avait même pas l'intention d'essayer. Si Nell voulait vraiment cette vie-là, Paul était l'homme idéal pour la lui offrir. Si ce n'était pas le cas...

Alex refusait de perdre espoir, mais c'était à Nell de décider de l'avenir qu'elle souhaitait. Même si attendre était un supplice, il devait lui laisser le temps de faire son choix.

Nell fixa Paul, puis l'écrin qu'il tenait à la main. Où avait-il trouvé cette bague ? L'avait-il apportée avec lui, pensant demander Jemima en mariage ?

— J'imagine que tu ne veux prendre aucune décision avant la fin du mariage, poursuivit Paul, comme elle ne répondait pas. Tu ne veux pas voler la vedette à Polly, bien sûr, et c'est tout à ton honneur...

Il rit, et elle se souvint qu'il faisait souvent cela, rabaissant Polly comme si elle partageait son opinion sans oser l'exprimer clairement. Elle avait toujours détesté cela. Polly et elle étaient peut-être différentes, mais cela ne signifiait pas qu'elle devait la dénigrer. Paul ne l'avait jamais compris. Il n'avait pas non plus compris comment elles pouvaient être si proches tout en possédant des caractères opposés. Alex, lui, l'avait compris. Mais Alex n'était pas avec elle, à ce moment-là, songea-t-elle avec amertume. Et puis, il ne s'agissait pas de lui, mais de son avenir à elle...

Celui qu'elle s'imaginait lorsque l'homme avec lequel elle envisageait encore, trois mois auparavant, de passer le reste de sa vie s'était présenté avec une bague en diamant qu'il avait sans doute déjà voulu offrir à une autre.

— Je vois clair dans ton jeu, Paul, tu sais, dit-elle d'un ton las. J'y ai déjà joué moi-même...

Elle se laissa tomber dans son fauteuil, tandis que Paul fronçait les sourcils.

— Quel jeu ? demanda-t-il. Tu as demandé quelqu'un en mariage auparavant ? Qui ça ?

Nell eut un rire sans joie.

— Non. Ce n'est pas ce que je veux dire. Cette demande en mariage... ne m'est pas vraiment adressée, lâcha-t-elle.

Il se redressa.

— Comment ça ? À qui d'autre crois-tu que je parle, en ce moment ?

— Ce que je veux dire, c'est que tu t'es fait peur – ou que Jemima t'a fait peur. Tu pensais vouloir une vie palpitante comme la sienne, mais quand tu as essayé, tu n'as pas été séduit. C'est pourquoi tu t'es éloigné d'elle pour revenir à quelque chose de sûr et de familier : moi.

Paul hocha la tête.

— Et c'est si mal que ça ? demanda-t-il. Ma brève histoire avec Jemima m'a montré à quel point nous étions bien ensemble, toi et moi. En harmonie...

— Si cela avait été aussi parfait que tu le dis entre nous, tu ne m'aurais pas quittée pour partir avec elle, souligna Nell.

Elle avait cru qu'ils étaient faits l'un pour l'autre, elle aussi. Que Paul pourrait lui donner tout ce qu'elle avait toujours désiré. Mais durant les deux semaines précédentes, elle s'était découvert de nouvelles aspirations, de nouvelles envies, dont elle ne soupçonnait même pas l'existence jusqu'à ce qu'Alex leur donne vie.

— Écoute, Nell... Je sais que j'ai fait des erreurs, mais nous sommes tous les deux des adultes, n'est-ce pas ?

Paul leva vers elle un regard implorant.

— Tu ne crois pas que me pardonner et aller de l'avant est la bonne décision pour nous deux ?

Dans sa bouche, cela semblait évident, mais Nell n'était pas de cet avis.

— Je ne pense pas que ce soit la bonne décision, dit-elle lentement, pas pour moi, en tout cas.

— « Pas pour moi » ? répéta Paul, incrédule. Nell, tu ne peux tout de même pas m'en vouloir ! C'est tellement puéril que... cela me fait penser à ta mère.

Il jouait sur sa peur de ressembler à sa mère, comprit-elle aussitôt. Mais elle savait maintenant qu'elle ne courait pas ce risque. Elle était différente de sa mère, et elle aimait la personne qu'elle était devenue depuis le départ de Paul.

— Non, le corrigea-t-elle, mais je sais que t'épouser serait la mauvaise décision. Pour moi, en tout cas. Je ne t'aime pas, Paul, et je suis presque sûre que tu ne m'aimes pas non plus.

— C'est quoi, l'amour ? demanda Paul. Toi et moi savons que la passion ne suffit pas. L'amour, ce n'est pas le drame, la fuite en avant, les disputes, les réconciliations. C'est être sûr de l'autre, lui faire confiance pour partager le quotidien, pour s'entraider... Savoir ce qui est vraiment important dans la vie. Tu ne crois pas ?

Nell ferma les yeux, tandis qu'une foule d'idées se mettaient en place dans son esprit.

— Oui, murmura-t-elle. Tu as raison sur ce point.

— Alors tu vas m'épouser ?

Elle lui sourit. Elle savait ce qu'était l'amour maintenant. Elle savait ce qu'elle attendait de l'avenir, et elle n'avait pas l'intention de laisser le bonheur lui échapper.

Alex ne fut pas vraiment surpris de trouver Jemima au bar. Après tout, son cavalier était en train de demander une autre femme en mariage au même moment !

Elle se tourna vers lui lorsqu'il s'approcha.

— Tu cherches un peu de compagnie, toi aussi ? lui dit-elle.

— Je cherche surtout un dernier verre, répondit-il en s'installant sur le tabouret voisin du sien, avant de commander une bière au barman.

Il aurait préféré un alcool fort, mais n'oubliait pas que le lendemain matin, il devrait jouer à la perfection son rôle de témoin.

Peut-être que Nell avait vraiment eu une plus grande influence sur lui qu'il ne l'avait pensé. Il était devenu tout à fait raisonnable, à son contact !

Et à sa grande surprise, cela lui plaisait. Derrière eux, le bar donnait sur la plage, et il entendait le clapotis des vagues sur le rivage. Cet endroit était un vrai paradis. Alors pourquoi avait-il hâte d'être de retour à Londres, avec Nell, et d'effacer ce séjour de sa mémoire ?

Jemima posa sur lui un œil perplexe.

— Tu es mieux sans elle, tu sais...

— Je ne vois pas ce que tu veux dire.

Le barman lui apporta sa bière, et Alex le remercia d'un signe de tête.

— Si, tu le sais, répliqua Jemima en lui donnant un léger coup de coude. En vous voyant tous les deux à la fête de fiançailles, j'ai compris. Ce que j'ai observé cette semaine me l'a confirmé. La façon dont tu la regardes... tu es fou amoureux, Alex, mais tu sais que tu n'es pas l'homme qu'il lui faut.

Plein d'espoir, il se tourna vers elle.

— Peut-être que je pourrais l'être.

— Toi et moi, reprit Jemima... nous ne sommes pas comme

eux. Paul et Nell, je veux dire. Ce sont des gens normaux, ordinaires, qui se préoccupent du quotidien : travailler, rembourser ses crédits, organiser ses loisirs... Nous ne nous soucions pas de ces choses-là. Nous savons que la vie ne se résume pas à payer des factures et à travailler.

Jemima le regarda longuement, et ajouta d'un air entendu :

— D'après ce que j'ai compris, tu as investi suffisamment d'argent dans cette société lorsque Fred et Polly l'ont créée pour ne jamais plus avoir à travailler de ta vie grâce aux dividendes qu'ils te versent. Tu veux peut-être garder la main en donnant quelques conseils juridiques de temps en temps, mais ce n'est pas vraiment un travail, n'est-ce pas ?

C'était vrai. Depuis que Fred et Polly avaient annoncé leurs fiançailles, il passait plus de temps au bureau qu'auparavant, et ce n'était pas vraiment parce qu'il était débordé. Il voulait voir Nell, partager des moments privilégiés avec elle, explorer et voir évoluer leur amitié naissante...

— Je sais que c'est tentant, murmura Jemima.

Elle s'était rapprochée de lui, et sa cuisse touchait presque la sienne.

— J'ai failli tomber dans le piège, moi aussi. Paul ne voulait pas s'engager, mais j'espérais qu'il prendrait goût à mon style de vie et abandonnerait ses projets pour rester avec moi. Mais il n'est pas fait pour ça, et Nell non plus. Ces deux-là ont beaucoup en commun. Tout ce qui les intéresse, c'est mener une petite vie ennuyeuse, et afficher un bonheur sans nuages.

— Ce n'est pas tout à fait cela...

— Ah bon ?

Alex détourna le regard et réfléchit quelques instants. Certes, Nell accordait beaucoup d'importance à la sécurité. Elle avait eu une enfance instable, sans amour, et voulait construire son avenir différemment. Et, oui, elle se souciait de ce que les autres pensaient et disaient – sinon, elle n'aurait pas voulu garder leur aventure secrète. Mais était-ce par souci de respectabilité ou parce qu'elle tenait à préserver sa vie privée, contrairement à sa mère ? Parce que, même si elle prétendait le contraire, Nell était loin d'être ennuyeuse. Elle était amusante, passionnée, intelligente et drôle. Elle se connaissait bien et savait ce qu'elle voulait. Et il l'aimait comme elle était...

Alex se leva, résolu à aller la retrouver pour lui avouer ses sentiments, quand la cousine de Fred entra en trombe dans le bar. Elle avait l'air affolée.

— Dieu merci, vous êtes là ! Vous êtes le témoin, n'est-ce pas ? Si vous voulez que le mariage ait lieu demain, il faut absolument aller lui parler ! Venez vite !

18

Nell se leva tôt le lendemain matin, après avoir très peu dormi. Alex n'était pas rentré à la villa, et elle s'était réveillée dans un lit vide et froid. Ils n'avaient pas passé leur dernière nuit ensemble.

Elle se leva et prit une douche, déterminée à ignorer la tristesse qui s'emparait d'elle à l'idée que leur aventure touchait à sa fin. Mais elle se raisonna. Ce jour-là, Polly allait se marier, et c'était tout ce qui comptait.

Elle avait prévu de la retrouver avec les autres demoiselles d'honneur dans la grande suite, assez tôt pour avoir le temps de se coiffer et de se maquiller pour la cérémonie prévue l'après-midi sur la plage. Quand elle arriva, elles se prélassaient déjà en peignoir de coton et en pantoufles, en buvant du prosecco.

Polly se leva d'un bond et l'embrassa chaleureusement.

— Nell ! Je suis si heureuse que tu sois là ! Maintenant, j'ai vraiment l'impression que c'est le jour de mon mariage !

Nell se força à sourire.

— Ça va être magique...

Et ça le fut déjà pendant qu'elles se préparèrent. Polly était trop excitée pour remarquer la légère mélancolie de Nell, et l'agitation qui régnait dans la suite annonçait une journée riche en émotions. En fait, tout était parfait. Même l'arrivée de leur mère, qui raconta ses nombreux mariages ratés, ne parvint pas à entamer la bonne humeur de Polly. Nell se réjouissait de voir sa sœur heureuse, même si elle ne pouvait s'empêcher de penser qu'elle ne connaîtrait jamais une telle félicité. Il était sans doute déjà trop tard pour elle...

Pendant que sa mère racontait aux demoiselles d'honneur émerveillées qu'elle avait failli se marier à Las Vegas, Nell s'approcha de la fenêtre pour admirer les jardins. En remarquant un mouvement au loin, elle fronça les sourcils. Était-ce Alex qui sortait en trombe de la villa ? Où allait-il ? Il avait l'air de se diriger vers l'hôtel. Que se passait-il donc ? Soudain, elle aperçut une autre silhouette, dans l'allée du jardin : Nigel !

Nell jeta un coup d'œil à sa mère, qui poursuivait son récit.

— La prochaine fois que je me tiendrai devant l'autel, ce sera avec le bon, j'en suis sûre, dit-elle. Parfois, le véritable amour se fait attendre...

Ignorant sa mère, dont elle connaissait les histoires par cœur, Nell suivit Nigel des yeux, et vit Alex se précipiter vers lui.

— Excusez-moi, un instant...

Elle allait franchir la porte quand Polly fit son apparition, vêtue pour la première fois de sa robe de mariée.

— Alors, qu'en penses-tu ?

— Tu es superbe, Polly...

Puis elle profita de la cohue qui s'ensuivit pour s'éclipser, curieuse de voir ce qui se tramait dans les jardins.

— Nigel, nous en avons déjà parlé...

Alex suivait l'homme, qui courait presque à travers les

jardins. Il aurait pu le rattraper facilement, mais ne voulait pas attirer l'attention. C'est pourquoi il avait passé toute la nuit auprès de lui, dans sa chambre d'hôtel : il voulait être sûr que celui-ci ne ferait rien d'extravagant.

Depuis que la cousine de Fred avait fait irruption dans le bar, la veille au soir, et lui avait raconté qu'un invité surprise essayait d'approcher Fred pour lui proposer un double mariage, Alex s'était donné pour mission d'éviter tout débordement, et d'empêcher Nigel de parvenir à ses fins.

Alors que Nell et lui avaient redouté un éclat de la part de Madeline, c'était finalement sa nouvelle conquête qui risquait de jouer les trouble-fêtes. À moins que tout cela ne soit l'idée de Madeline, et qu'elle ait réussi à l'entraîner dans cette folie... C'était possible, mais il éclaircirait ce point plus tard. Pour l'heure, il avait d'autres priorités.

Ce qui le contrariait, c'est qu'au lieu de passer sa dernière nuit avec Nell il l'avait passée à écouter Nigel parler de son premier mariage raté, de ses enfants qui ne voulaient pas le voir, de ses désillusions. Sa vie ne s'était pas déroulée comme dans ses rêves ; il se croyait promis à un plus grand destin – destin que Madeline devait lui permettre de réaliser pleinement...

Malgré sa mauvaise humeur, Alex avait entraîné Nigel avec lui lorsqu'il était retourné à la villa qu'il partageait avec Nell pour se changer en vue de la cérémonie. Hélas ! Nigel s'était enfui pendant qu'il était sous la douche, et il devait à tout prix le rattraper avant que Madeline, Polly ou – pis encore – Nell le voie.

— Je dois leur montrer que j'aime vraiment leur mère ! s'écria Nigel, en accélérant le pas. Je sais que seules ses filles la retiennent d'accepter de m'épouser. Mais si je peux leur prouver la sincérité de mes sentiments, nous formerons tous bientôt une famille heureuse !

Résolu à apaiser la situation, Alex accéléra le pas et attrapa Nigel par le bras, juste au moment où Nell apparaissait dans l'allée.

— Qu'est-ce qui se passe ici ?

Elle croisa les bras sur sa poitrine, et Alex l'admira un instant dans la robe bleu pâle de demoiselle d'honneur que Polly avait choisie. Elle était superbe, bien sûr, mais il la préférait en noir, songea-t-il.

— Nigel veut faire un grand geste romantique, lança Alex, mi-amusé, mi-inquiet. Mais j'essaye de le convaincre de le remettre à plus tard.

Nigel insista.

— Je veux vous montrer, à vous et à votre sœur, à quel point j'aime votre mère.

— Aujourd'hui ? demanda Nell. Le jour du mariage de sa fille ? Vous pensez que c'est une bonne idée ?

Nigel secoua la tête, visiblement confus.

— Eh bien, Madeline a dit...

Nell et Alex levèrent les yeux au ciel.

— Bien sûr..., murmura Nell.

— Elle a dit que si je lui déclarais publiquement mon amour, elle m'épouserait sur-le-champ !

Nigel rayonnait, à tel point qu'Alex se demanda s'il était encore ivre.

— Avez-vous la moindre idée du nombre d'hommes que ma mère a promis d'épouser au fil des ans ? demanda Nell.

Nigel joua son dernier atout.

— Non, mais avec moi, c'est sérieux, et je veux faire d'elle ma femme. Aujourd'hui ! Quand on est sûr d'avoir trouvé le grand amour, pourquoi attendre ?

— Parce que c'est de la folie ? objecta Nell.

Mais Nigel ne l'écoutait plus. Avant qu'Alex puisse le retenir, il s'élança et commença à grimper au treillis de fleurs tropicales qui arrivait jusque sous les fenêtres de la suite nuptiale. En levant les yeux, Alex vit Madeline et Polly regarder – l'une avec joie, l'autre avec effroi – l'homme qui s'approchait d'elles. Alex s'apprêtait à suivre Nigel, mais Nell le retint par le bras.

— Tu risquerais de tomber, dit-elle. Et c'est trop tard, de toute façon.

Elle avait raison, hélas ! Déjà, les invités affluaient, attirés par les cris, et semblaient apprécier le spectacle. Polly et Fred, eux, étaient affligés. La première semblait au bord des larmes, et le second… Eh bien, Alex n'était pas sûr d'avoir jamais vu son ami aussi furieux. En tant que témoin, il aurait dû s'assurer que ce mariage se déroule sans la moindre anicroche. C'était la seule exigence qu'avaient formulée non seulement Polly et Fred, mais aussi Nell. Et il avait échoué dans sa mission.

Accablé, il regarda Madeline serrer quelques fleurs contre sa poitrine tandis que Nigel clamait son amour à tous ceux qui voulaient bien l'entendre. Oui, le mariage parfait de Polly était gâché !

Mais, alors qu'il pensait avoir touché le fond, il perçut un craquement. Le treillis commençait à céder sous le poids de Nigel, et à se détacher du mur. Tout allait s'écrouler…

Nell appela sa mère pour qu'elle attrape la main de Nigel, mais celle-ci était trop occupée à hurler. Polly tenta d'intervenir, mais trop tard, car le treillis finit par s'arracher du mur et ploya vers le sol, Nigel toujours accroché dessus…

Quelques invités se précipitèrent. Impuissante, Nell gardait les yeux rivés sur Nigel quand elle sentit deux bras puissants la soulever du sol et l'entraîner quelques pas plus loin… tandis que Nigel atterrissait lourdement dans un buisson tout proche.

Le cœur battant la chamade, Nell regarda Alex. Et comprit que s'il n'était pas intervenu pour la secourir, tel un preux chevalier, elle aurait pu être blessée. Soudain, la foule se mit à applaudir, et elle eut l'impression d'être dans un film romantique dont Alex serait le héros.

Alors, devant tous les invités rassemblés, elle noua les bras autour de son cou et lui donna le plus passionné, le plus impudique des baisers.

19

Le mariage était magnifique, comme Alex l'avait prédit. Cependant, il n'était pas suffisamment attentif à ce qui se passait autour de lui pour l'apprécier vraiment. Durant l'échange des vœux, il sourit, remit les bagues et s'acquitta de son rôle de témoin, mais au-delà de ça… Il ne pensait qu'à Nell, et à ce baiser. Après qu'ils s'étaient séparés, elle lui avait dit qu'ils parleraient plus tard, puis avait disparu avec Polly. Il n'avait pas eu l'occasion de la revoir depuis. Regrettait-elle de l'avoir embrassé sous les yeux de tous ? En tout cas, sur le moment, elle avait eu l'air heureuse, ce qui lui avait redonné espoir.

L'aurait-elle embrassé si elle avait accepté la proposition de Paul ? Certainement pas…

La cérémonie fut suivie d'une séance photo, puis vint l'heure du déjeuner, parfaitement orchestré par Polly et son équipe. Mais Alex ne s'en souciait guère. Tout ce qu'il voulait, c'était parler à Nell, mais chaque fois qu'il essayait, quelqu'un s'interposait. Puis vint le moment des discours, et il se félicita d'avoir préparé le sien des semaines auparavant. Comme il sortait ses notes de sa poche pour les relire, il se rendit compte que Nell avait pris le micro. Intrigué, il attendit…

— Ce n'est pas la tradition que la demoiselle d'honneur fasse un discours, commença-t-elle. Mais Polly me l'a demandé et... comme l'occasion de dire de belles choses sur les personnes qu'on aime devant une assistance prête à les écouter est rare, j'ai pensé qu'il fallait la saisir. Personne n'a jamais eu de mal à nous différencier, Polly et moi, même si physiquement nous sommes identiques. Nous nous ressemblons peut-être, mais tout le reste est différent. Polly est plus aventurière, plus gaie, plus audacieuse... Moi, je suis la discrète, la mélancolique, la fille sérieuse. Nos caractères opposés ne nous ont jamais empêchées de bien nous entendre, au contraire. Nous n'avons jamais été jalouses l'un de l'autre parce que nous avons toujours voulu des choses différentes et que nous nous sommes soutenues l'une l'autre pour les obtenir. J'aime Fred comme un frère, mais je ne voudrais pas de lui comme mari !

Les invités éclatèrent de rire, et même si Fred fit mine d'être offensé, il était visiblement ému. Quant à Polly, elle avait les larmes aux yeux.

— Mais pour la première fois, cette semaine, j'ai été jalouse de Polly, reprit Nell. Non parce qu'elle se marie dans ce cadre magnifique, ni même parce que vous êtes tous rassemblés pour célébrer son bonheur...

Quand Nell s'arrêta et parcourut l'assistance du regard, Alex comprit qu'elle le cherchait.

— J'envie le courage de Polly. Parce qu'il faut beaucoup de courage pour tomber amoureux. L'amour est un risque – c'est donner son cœur à une autre personne et lui faire confiance pour en prendre soin. Pour l'aimer, le chérir et le protéger aussi bien, et même mieux, que son propre cœur. Et c'est aussi un défi de chaque instant...

Elle soutint son regard, et Alex lut dans ses yeux d'infinies promesses.

Nell déglutit avec peine et détourna le regard avant de poursuivre :

— Je sais que Fred et Polly sont à la hauteur de ce défi. Ensemble, ils forment un couple uni, indestructible, et je leur souhaite tous les bonheurs du monde...

Elle leva son verre.

— À Polly et Fred !

Alex l'imita et leva son verre, tandis que les invités scandaient son prénom pour l'inviter à prendre la parole à son tour.

Puis, la voix du maître de cérémonie retentit, et Alex se leva pour faire son discours – un discours plein d'humour et d'affection, mais loin d'être aussi émouvant, selon lui, que celui de Nell.

Dès que ce serait fini, il la retrouverait, se promit-il. Et ils seraient tous les deux courageux, pleins d'espoir en l'avenir...

Il la rattrapa juste après que Polly et Fred eurent ouvert le bal.

— Beau discours, lui murmura-t-elle alors qu'il la prenait dans ses bras et l'entraînait sur la piste de danse.

— Le tien était meilleur, répondit-il. Plus audacieux.

Ils dansèrent quelques instants en silence, et il apprécia que Nell pose la tête sur son épaule et de sentir son corps contre le sien.

— J'ai vu Paul sur ta terrasse, hier soir...

Nell recula légèrement.

— C'est pour cela que tu n'es pas revenu à la villa ? Parce que tu pensais que...

— Non.

Il la serra de nouveau contre lui, et ils ondulèrent doucement.

— Je voulais revenir après t'avoir laissé le temps d'avoir une conversation avec lui. Mais la cousine de Fred m'a appelé pour me dire que Nigel avait l'intention d'épouser ta mère... en même temps que Polly et Fred prononceraient leurs vœux. J'ai donc passé la nuit à le surveiller...

— Si je revois cet homme un jour..., gronda Nell.

— Je sais ce que tu ressens. Mais le pire a été évité, alors quelle importance ? répondit-il avec un sourire.

Elle se laissa aller contre lui, puis prit une profonde inspiration et planta les yeux dans les siens.

— Je pense que... j'aimerais nous donner une seconde chance, Alex.

— Vraiment ? dit-il, incrédule, mais le cœur rempli d'espoir. Je suis si amoureux de toi, Nell, que je pourrais passer ma vie à t'aimer...

Oui, il l'aimait. Il l'aimait sincèrement, follement, éperdument.

— Assez pour rester à la maison le vendredi soir devant un bon film ?

— Oui, si tu sors avec moi le samedi pour danser toute la nuit !

Elle lui offrit son plus beau sourire.

— Marché conclu !

Elle se lova contre lui.

— Parce que je t'aime aussi, Alex... au cas où je ne te l'aurais pas dit.

Il répliqua d'un ton grave :

— Tu ne me l'as pas dit, mais ton baiser de tout à l'heure était très parlant. Alors, es-tu prête à tenter l'aventure avec moi ?

— Plus que prête ! dit Nell, radieuse.

Son cœur battait à tout rompre. Et cette fois, lorsqu'il

l'embrassa pour sceller leur promesse, elle était prête à se donner en spectacle. Prête à accepter les félicitations de tous les invités au mariage. Cette fois, elle était prête à tout, même à l'amour.